La cabine d'essayage

Roberto Demurtas

La cabine d'essayage

Journal

Édition : BoD – Books on Demand, info@bod.fr
Impression : BoD – Books on Demand, In de Tarpen 42,
Norderstedt (Allemagne)

Impression à la demande

Illustration : Roberto Demurtas

ISBN : 978-2-3225-2019-0
Dépôt légal : Février 2024

Du même auteur :

Désordre, *Nouvelles*

Le der des ders, *Roman épistolaire*

SAMEDI 17 MAI 1969

Les chaussures

Je suis debout, immobile, les bras le long du corps. Je ferme les yeux pour mieux percevoir les bruits et les voix qui m'environnent. J'entends des pas, les allées et venues de personnes qui passent tout près de moi sans me voir. J'adore cette sensation de n'être là pour personne.

Derrière le rideau de cette cabine, je suis invisible aux yeux des clientes. Je me suis absentée, j'ai échappé à cette foule oppressante et indifférente qui submerge les rues de la zone commerçante en plein cœur du centre-ville en ce samedi matin.

Je garde les yeux fermés. Je serre mon sac à main contre mon ventre. Je sens sous mes doigts le talon fin et dur de cette paire de chaussures que j'ai subtilisée dans l'armoire de maman. Elle n'aurait jamais accepté de me les prêter. Je suis trop jeune pour marcher avec des souliers à talons hauts, dit-elle. Mais je n'allais quand même pas essayer cette robe avec mes baskets blanches ! Je ne vais pas les lui abîmer. De toute façon, je n'avais pas l'intention de venir jusqu'ici avec ses chaussures aux pieds. Je serai bien incapable de marcher avec des talons sur les pavés de ces rues piétonnes. La municipalité aurait mieux fait de goudronner les rues au lieu de lustrer les vieilles pierres. Les maisons les plus typiques ont été restaurées, leurs façades à colombages mises en valeur. Il est vrai que ces rues ont un certain cachet maintenant. On se croirait au Moyen Âge.

Le centre-ville ressemble à un décor de carton-pâte érigé pour une pièce de théâtre. Un décor qui sert une fois par an à l'occasion de la fête de Jeanne d'Arc. Quelques banderoles pendent encore au-dessus des rues étroites. Dernières traces des festivités qui se sont achevées il y a quelques jours. La ville a retrouvé son calme, les touristes sont repartis. Les bénévoles qui défilaient par les rues pavoisées en costumes d'époque ont remisé leurs déguisements pour se fondre dans la grisaille de leur triste quotidien. C'est aussi bien ainsi.

Qu'ils ne comptent pas sur moi pour chausser des sabots sur les pavés des voies piétonnes. Ces jours de fête sont une épreuve pour moi. Les filles de mon âge font l'objet des plaisanteries les plus grasses de la part des garçons. Avant que les autorités compétentes de la ville n'aient fait leur choix d'une figurante officielle, ces imbéciles jouent à élire parmi les plus niaises et innocentes jeunes filles, celle qu'ils jugent la plus digne d'incarner la pucelle. Celle qui aura le triste privilège d'arpenter la ville, revêtue d'une armure, sur le dos d'un cheval d'une blancheur virginale.

Cette fête plait aux anciens, c'est sûr, mais les jeunes… Les ruines ce n'est pas leur truc. Le passé, ils s'en moquent. Ce qui les préoccupe c'est le présent, l'actualité, la tendance. Et puis cela occupe les gens le temps d'une semaine, au grand maximum. Après, la ville retourne à sa morosité.

La municipalité devrait investir dans la création de lieux pour les jeunes. Excepté le cinéma, il n'y a pas vraiment d'activités pour eux. Leur passe-temps préféré consiste à déambuler par ces rues commerçantes, sans but, sans avoir même l'intention de faire le moindre achat, juste pour être au milieu de la foule. Tous les garçons et les filles semblent se donner rendez-vous le samedi sur ces voies piétonnes. Comme si toutes les rues y convergeaient, tel des ruisseaux coulant depuis la périphérie de la ville pour irriguer les voies piétonnes avant de se jeter dans la Loire qui traverse son centre.

Je n'échappe pas au courant. Je n'ai peut-être pas assez de personnalité pour déroger à cette mode. Comme tant d'autres, le samedi, je monte dans un bus qui relie notre quartier excentré au boulevard circulaire qui limite la vieille ville.

Ensuite, je marche par les rues, de plus en plus étroites qui me conduisent jusqu'à l'artère principale, celle dont les maisons à colombages sont flanquées à leur rez-de-chaussée des plus belles vitrines de boutiques de mode.

Ainsi, y a quelques jours, lorsque le flux est devenu trop dense, j'ai soudain éprouvé le besoin d'échapper au courant, de fuir coûte que coûte ces gens qui m'entouraient, me pressaient, me dévisageaient. Dans un instant de panique, ballottée et en sueur, je me suis agrippée à la poignée d'une porte. Je l'ai ouverte et me suis engouffrée dans ce magasin.

J'entrais ici pour la première fois. Je n'avais jamais osé le faire auparavant. J'étais trop impressionnée par les tenues chics, les robes légères et affriolantes aux couleurs vives qui mettent en valeur les formes parfaites des mannequins figés derrière la vitrine. Une vendeuse m'a rapidement abordée et proposée son aide. Sans réfléchir, je lui ai montré une robe aperçue depuis la rue. Elle m'a apporté deux modèles de tailles différentes, puis conduite dans le fond de la boutique, derrière une porte battante où j'ai découvert, alignées de part et d'autre d'une pièce étroite, une dizaine de cabines d'essayage. A peine avais-je tiré le rideau derrière moi que se relâchait l'angoisse qui m'avait étreinte dans la rue.

À l'abri des regards, je m'apaisai. La musique diffusée par la sono du magasin contribuait à me détendre. La radio passait une chanson de Françoise Hardy. Son tube du moment. Un morceau que j'écoutais en cachette de ma sœur aînée. Elle se serait moquée de moi : « Tous les garçons et les filles de mon âge… »

Je pouvais enfin écouter cette chanson tranquillement, sans être dérangée par cette peste qui partage ma chambre. Cette cohabitation devient insupportable. Je ne peux rien laisser traîner de peur qu'elle ne s'en empare. Je ferme mon bureau à clef. Elle serait trop tentée de mettre le nez dans mon journal. Dans la maison, je n'ai pas un endroit à moi pour m'isoler. Dès que je m'attarde un peu trop longtemps dans la salle de bain, je peux être sûr que l'un ou l'autre va venir tambouriner à la porte. Dans cette cabine, j'étais enfin seule, libre d'écouter cette chanson, de m'attarder plus longtemps si je le désirais. Personne ne viendrait m'importuner.

Je suis restée immobile un moment face à ce grand miroir. Nous n'en avons pas d'équivalent à la maison. De toute sa hauteur, il me renvoyait le ridicule de mon accoutrement. Comment avais-je pu sortir en ville ainsi vêtue ? Encore heureux que je n'ai rencontré aucun garçon de mon école. Je me demandais si je n'oserais jamais ressortir de cette cabine, de ce magasin et affronter une nouvelle fois les regards des passants ?

J'ai posé une des robes contre moi sans même l'ôter de son cintre. Je n'avais pas l'intention de l'essayer. À quoi bon. Jamais je ne pourrais la porter. Maman ne me laisserait pas sortir avec une robe si courte et un décolleté si ample. Je crois qu'elle a peur que ne je grandisse trop vite. Elle me considère toujours comme une petite fille. Si je l'écoute, je porterai des socquettes à fleurs jusqu'à ma majorité.

Je dois être la seule fille de la classe à avoir des parents aussi rétrogrades. Mes camarades sont libres de s'habiller comme elles le souhaitent. Certaines osent même se maquiller. À côté d'elle, dans la cour de l'école, j'ai l'air d'une paysanne fraîchement débarquée de sa campagne. Pas étonnant qu'aucun garçon ne s'intéresse à moi. Pourtant, derrière cette robe, j'étais métamorphosée. J'avais du mal à me reconnaître. Quel mal y a-t-il à découvrir ses genoux ? Si j'étais sorti dans la rue avec cette robe je suis sûr que personne ne m'aurait reconnu. Elle me donnait deux ans de plus. Ainsi vêtue, sans que l'on ne me demande de justifier de mon âge, j'aurais pu acheter un billet de cinéma pour voir un de ces films qui me sont encore interdits.

Ainsi, ce jour-là, devant le miroir de cette cabine d'essayage, j'ai pris une décision. Puisqu'elle n'acceptera jamais de m'acheter cette robe, c'est moi qui me l'offrirai. Elle n'osera quand même pas la ramener au magasin.

J'ai des économies. Depuis quelque temps, je mets de côté l'argent de poche qu'elle me donne chaque mois. Je ne dépense rien, car j'ai un projet. Celui de partir d'ici. Je veux fuir cette ville où je m'ennuie, partir loin de cette maison où j'étouffe. Il y a longtemps que j'y songe. J'ai pris cette résolution lors de la dernière altercation qui m'a opposée à mes parents. Une nouvelle fois ils ont pris le parti de ma sœur. Une fois de trop.

Devant ce miroir, je me suis fait la promesse que si par malheur maman refusait de me laisser porter cette robe, alors là, c'est sûr, je partirai. Je laisserai un mot sur mon bureau que ma sœur se fera une joie de lire à papa et maman. Elle leur dira que je suis partie loin d'ici, que je leur écrirai, mais qu'il est inutile qu'ils essayent de me retrouver. Je prendrai le train pour Paris. De là, je monterai dans un avion pour un long voyage vers une contrée ensoleillée, loin de la grisaille de ce pays. Les copines n'en reviendront pas de mon courage. Tout le monde parlera de moi. On m'enviera. Qui aurait pu imaginer ça d'une fille aussi discrète et réservée que moi ?

Voilà pourquoi je me retrouve aujourd'hui dans cette cabine d'essayage. La vendeuse de la première fois m'a reconnue. Elle m'a prise en main tout de suite. J'en étais bien heureuse car, sans cela, je serai ressortie tout de suite. En franchissant la porte, j'ai aperçu une de ses collègues de travail dont le visage ne m'est pas inconnu. Je ne l'ai pas identifiée tout de suite. J'ai rougi sans doute, comme lorsque maman me surprenait la main dans la boîte à bonbons. La vendeuse m'a apporté les deux robes et je me suis aussitôt dirigée seule dans le fond du magasin. Je suis rentrée dans la même cabine, celle où une semaine plus tôt j'avais pris cette grave résolution. J'ai tiré derrière moi ce même rideau. J'ai pris soin de bien le fermer de chaque côté et je me suis retournée face à ce grand miroir, celui devant lequel je m'étais mise au défi d'aller au bout de mes actes.

C'est à ce moment seulement que m'est revenu le nom de cette fille. J'en suis presque certaine. Il s'agit d'une camarade de classe de ma sœur. Je savais qu'elle travaillait le week-end dans une boutique. J'ignorais qu'elle était vendeuse chez

« Daphnée. » En tout cas, elle ne m'a pas vu. Je ne suis par certaine qu'elle m'aurait reconnue. Quoi qu'il en soit, elle ne risque pas de me voir derrière ce rideau.

J'ai choisi la même cabine que la première fois, comme si je lui attribuais le pouvoir magique de métamorphoser la fille timide et mal dans sa peau que tout le monde veut voir en moi en une jeune femme audacieuse et épanouie. Qui sait ce que m'auraient dit les autres miroirs ? Je me fie à mon instinct qui m'a guidé la première fois vers la bonne cabine d'essayage. La seule parmi les dix cabines mises à disposition des clientes qui peut produire cet effet. Je suis bien heureuse de l'avoir trouvée vide car aujourd'hui il y a plus de monde que la dernière fois dans ce magasin. J'avais hâte de me réfugier à l'abri des regards, de faire oublier cette fille gauche à l'accoutrement si dépareillé parmi les tenues affriolantes de cette boutique à la mode.

Maintenant, je suis bien. Je retrouve les sensations de la première fois. Elles sont même exacerbées par la présence derrière le rideau d'un nombre plus important de clientes que l'autre jour. Je garde les yeux fermés encore un moment. Autour de moi, des jeunes femmes entrent et sortent. Certaines passent en caisse, d'autres reposent les vêtements qui ne leur conviennent pas. Elles sortent de la boutique quand d'autres y entrent. La clientèle se renouvelle dans un flux continu. Le courant qui charrie la foule transporte de nouvelles acheteuses jusqu'à ce bras de rivière qui s'engouffre par la porte vitrée de cet établissement. Par ce ruissèlement qui m'a porté jusqu'ici s'écoule désormais une eau lavée du souvenir de ma présence, de l'impureté de ce corps disgracieux et mal accoutré. Derrière ce rideau mon corps est vierge des regards moqueurs que je sentais se poser sur lui au gré de sa dérive. Je suis bien. Pourquoi m'est-il si agréable de me retrouver dans cette cabine d'essayage ?

Je pose mon sac sur la petite banquette, sous les robes qui pendent au porte-manteau. Je vais enfin pouvoir les essayer avec des chaussures seyantes, celles que j'ai empruntées à maman. Je défais les lacets de mes baskets et les enlève en appuyant sur les talons. Je retire ces ridicules socquettes blanches à collerette. Elle laisse une marque sur mes chevilles, comme si je portais des chaussettes transparentes qui ne cachent plus mes pieds trop grands.

Mais j'oublie aussitôt cette petite contrariété. Les haut-parleurs de magasin diffusent une chanson de Mike Brant, mon chanteur préféré. J'adore sa voix chaude et sensuelle et ce léger accent qui lui donne tant de charme. Je suis d'autant plus heureuse de l'entendre que je n'ai pas acheté son dernier 45 tours. Je devais faire des économies afin de m'offrir cette robe. C'était elle ou lui. Pour une fois j'ai fait preuve de caractère. Il paraît que ça marche comme ça avec les garçons. Il ne faut rien leur céder si on veut qu'ils s'accrochent. Facile à dire. Je crois que si Mike Brant me parlait comme il parle aux femmes dans ses chansons, je ne lui résisterais pas longtemps. Je connais par cœur les paroles de ce tube.

« C'est comme çaaa que je t'aiiiiime… »

Tout en écoutant ces mots qui se posent sur moi, je fais glisser ma jupe jusqu'à mes pieds et dévoile des jambes trop blanches. Avec les beaux jours qui reviennent, il faudra que je retourne à la piscine et que j'ose m'exposer au soleil comme le font les copines au lieu de cacher mon corps dans l'eau. Maintenant, je déboutonne mon corsage, l'ouvre lentement sur ma poitrine avant de le laisser tomber en arrière. Je reste dans cette position, les bras derrière le dos, pour accentuer les formes que l'on devine à peine sous mon soutien-gorge.

« …des nuits entières auprès de toi, je vis, je meurs à chaque fois… »

Je dégrafe l'attache derrière mon dos. J'y réussis du premier coup. Je me suis longtemps entraîné dans la salle de bain, à la grande irritation de papa que je mets en retard pour son travail. Je serre les bras contre mon corps et plaque mes mains sur les bonnets pour le garder collé contre ma poitrine. Je reste un instant comme cela face au miroir.

« Montre-moi. »

Je sursaute et me retourne sur le rideau qui n'a pas bougé. Je tremble de tout mon corps. Mon cœur s'est emballé. D'où vient cette voix grave et impatiente ?

Je respire et me calme. Je reviens face au miroir. J'ai eu une de ces peurs ! Ce n'est que le compagnon d'une cliente, agacé semble-t-il que l'on sollicite ses conseils pour une séance d'essayage qui s'éternise dans une cabine voisine de la mienne. Je regarde au-dessus de moi pour m'assurer de mon intimité. Deux spots dirigent leurs lumières vers moi.

Je laisse tomber mon soutien-gorge. Je contemple mes seins. Ils sont petits, mais ronds et fermes. La lumière plongeante rehausse les ombres et accentue mes formes. Mes tétons se sont dressés sous le frisson que m'a provoqué cette voix d'homme. Derrière le rideau des clientes attendent leur tour. Je perçois leurs allées et venues. Je sursaute lorsqu'une cliente libère une cabine toute proche en faisant glisser les anneaux sur la tringle. J'ai cru qu'une main ouvrait la mienne.

« Tourne-toi. » Reprend la voix mâle de l'homme. Toute tremblante, sans réfléchir, je pivote lentement et présente mon dos au miroir.

« Pas mal. As-tu autre chose à me montrer ? » Obéissante, je passe délicatement les pouces sous l'élastique de mon slip, puis le descends lentement sur mes fesses. Je les contemple par-dessus mon épaule. D'un côté puis de l'autre.

« J'aime bien, tranche-t-il. » Je fais glisser ce bout de tissu jusqu'à mes pieds tout en regardant mes fesses qui se tendent vers le miroir. Je me relève. Me voilà complètement nue sous la lumière intense du spot de cette cabine d'essayage, derrière ce voile qui cache mon corps aux yeux de cet homme à qui une femme veut plaire.

Les clientes entrent et sortent. Personne ne sait que je suis là, nue dans cette cabine d'un magasin au cœur du centre-ville. Je plie les bras dans mon dos, les mains sur les coudes, la poitrine offerte. Je ferme les yeux et reste immobile. Chaque crissement des anneaux métalliques me provoque un délicieux frisson qui me parcourt le corps de la tête aux pieds. Je peux rester comme cela une heure entière. Personne ne viendra me déranger. J'écoute les voix qui m'environnent, qui me frôlent. Le rideau bouge au passage des clientes. Et si l'une d'elles ouvrait le mien par inattention, me dévoilant au regard de cet homme impatient ?

« Pas mal » s'évertue-t-il à dire sans grande conviction. Devant son manque d'enthousiasme, la femme le questionne encore pour se rassurer sur son choix, sur l'opinion de l'homme, être sûre de paraître à son goût.

Je ne le vois pas. Je n'entends que sa voix grave et tranchante. Ses mots sont fermes et définitifs. Elle se plie à ses désirs. Acquiesce à sa volonté, portera ce qu'il souhaite. Ce qu'elle veut, c'est qu'il choisisse une femme. Celle qu'il désire. Celle à laquelle elle tente de correspondre avec ténacité au milieu des autres qui l'environnent, qui essayent aussi d'êtres belles dans ces cabines toutes proches. Elle s'en remettra à sa décision. Elle acceptera le choix qu'il fera parmi toutes celles qu'elle lui présente sous des robes différentes au milieu d'autres femmes peut-être plus désirables encore.

Je suis parmi elles. Offerte à cette sélection dans le plus simple appareil. Les yeux clos, les mains liées dans le dos, j'attends le verdict de l'homme, seul, au milieu d'une dizaine de femmes qui se voilent et se dévoilent autour de lui. J'aime ce sentiment d'abandon. Mon sort ne m'appartient plus. Je ne lui opposerai aucune résistance. Advienne ce qui devra advenir.

« …*On fait l'amour et dans tes bras, je vis, je meurs à chaque fois…* » « *C'est comme çaaa que je t'aüüüime, prisonnier malgré moi, j'ai ton sang dans mes veines et je suis fou de toüüü.* » « Stop ou encore » j'ajoute ma voix aux auditeurs qui ont voté à 95% pour lui. J'adore cette émission. Je repars pour un tour dans les bras de mon idole. Je suis comblée.

« Laquelle prendrais-tu, demande la femme implorante ?

— Celle-là, répond-il sèchement. » Elle s'incline devant son choix. Les anneaux glissent sur la tringle à rideau, j'entends le bruit de ses talons qui s'éloignent.

Les chaussures de maman ! J'allais les oublier. Je les sors de mon sac, les place côte à côte face au miroir. Avec difficulté, je me glisse à l'intérieur et me hisse de près de dix centimètres. Je serai bientôt aussi grande que maman. Mais je ne suis pas très à l'aise. Je me tourne pour regarder mes fesses dans le miroir. C'est fou comme ce simple accessoire suffit à raffermir tous les muscles du bas du corps. J'ai hâte de voir mes formes sous cette robe. Je la retire de son cintre, y introduis les bras puis la tête et la laisse glisser sur ma nudité. Je n'en reviens pas. Sous ce tissu léger, même ma poitrine semble avoir gagné en volume. Pour la première fois, j'ai l'air d'une vraie femme. Une femme libre et épanouie. Je tourne et retourne sur moi-même dans un équilibre précaire sur mes talons. Ma sœur sera verte de jalousie. Mais j'appréhende la réaction de papa et maman. Il faut reconnaître que cette robe est un peu transparente. Pourtant, c'est si agréable de se savoir nue sous un voile léger, de sentir l'air frais se glisser entre le tissu et ma peau.

Si j'osais, je sortirais comme ça. J'abandonnerais mes vieilles fringues, je passerais en caisse. Je prendrais place dans cette file de femme au bout de laquelle attend l'homme impatient. Il poserait son regard sur moi. Je saurais enfin l'effet que je lui fais…

Bon ! De toute façon, je ne me sens pas incapable de marcher sur les pavés avec ces talons. Je me couvrirais de ridicule. J'attends encore un moment, le temps d'être certaine qu'il ait quitté la boutique. Je ne veux pas qu'il me voie dans mon accoutrement d'adolescente mal dans sa peau. Dans cette jupe ridicule que je remonte sur mes jambes blanches, ce chemisier d'élève-modèle que je reboutonne sur ma poitrine naissante, mes baskets usées que je lasse sur mes pieds trop grands. Mais c'est sûr, je prends cette robe. Je n'ai plus aucune hésitation.

Je passe rapidement en caisse. La boutique s'est désemplie. Déjà 18 h 45 ! Je n'ai pas vu passer le temps. Dans la rue je remonte le courant affaibli de ce qui n'est plus qu'un ruisseau à cette heure-là. Ce sac, flanqué du nom de cette boutique à la mode, me donne de la contenance. Je marche avec assurance en direction de l'arrêt de bus, fière d'avoir tenu la promesse que je m'étais faite.

Bon sang ! Je n'y crois pas ! Mais quelle imbécile ! J'ai perdu les chaussures de maman. C'est évident, je les ai oubliées dans la cabine après m'être rhabillée. Mais quelle gourde je fais. Il n'est plus temps de retourner dans la boutique. Le bus qui me ramène à la maison est maintenant trop loin du centre. Et puis à cette heure-là elle sera fermée. Demain, c'est dimanche. Lundi, je suis au collège. Samedi prochain il sera trop tard. Qu'est-ce que je vais dire à maman ? Elle ne me le pardonnera jamais. Je ne peux pas lui révéler la vérité. Comment lui expliquer que j'ai emprunté ses chaussures à talons hors de prix pour essayer une robe transparente ? Plus question de me pavaner dans le quartier avec ce sac de courses. Je le roule en boule et le glisse dans mon sac à main. Je ne peux pas lui parler de cette robe. Je ne suis pas allée faire des achats. J'avais rendez-vous avec des copines en centre-ville, voilà tout. Avec un peu de chance, elle ne s'apercevra pas tout de suite de la disparition de ses chaussures. Elle mettra tout d'abord cela sur le compte du désordre que ma sœur et moi faisons régner dans la maison. Il lui faudra un certain temps avant de se faire à l'idée que cette paire qu'elle aime tant a disparu. Plus question de lui parler de ma robe. J'attendrai que l'incident des chaussures soit oublié pour lui montrer mon achat. Quelle journée ! Je n'oublierai pas ce soir d'en consigner le récit dans mon journal.

DIMANCHE 18 MAI

Inaperçue

Maman ne s'est aperçue de rien. Après une semaine fatigante, elle a préféré rester à la maison. Elle n'avait pas le courage d'assister dans l'après-midi au spectacle de la maison de la culture où papa et elle ont pris un abonnement à l'année. Tant mieux pour moi. Elle n'a pas eu l'occasion de mettre sa tenue de soirée et les souliers qui vont avec. Cela me laisse au moins jusqu'à samedi prochain. D'ici là, je serai une parfaite petite fille. J'éviterai les sujets de conflits. À tel point que ma peste de sœur lui apparaîtra sous le véritable jour qui est le sien. Ainsi, si elle s'aperçoit de la disparition de ses chaussures, c'est naturellement vers cette chipie coléreuse qu'elle dirigera ses soupçons. Plus que jamais, ne pas oublier de fermer mon bureau à clef où je cache ma robe neuve et ce journal.

LUNDI 19 MAI

Ma sœur bavarde

Je n'ai pas cessé de penser à ces chaussures. De fait, je n'ai pas été très attentive en classe. Pourtant, ce n'est pas le moment de ramener de mauvaises notes à la maison. <u>Ne pas irriter maman</u>. <u>Ne pas lui donner d'occasions de passer son humeur sur moi</u>.

Lors du repas du soir, il m'a fallu du cran pour ne rien laisser paraître de mon trouble et jouer les innocentes. C'est ma sœur, une fois de plus qui a mis le feu aux poudres. Devant papa et maman, elle nous a rapporté ce que lui avait raconté une camarade de sa classe. Un truc trop bizarre, qu'elle a dit. Une histoire de fous. À la fermeture de la boutique où cette fille est employée le samedi, alors qu'elle était occupée à remettre de l'ordre dans les cabines d'essayage, elle a découvert, parmi les vêtements trop grands ou trop petits que des clientes négligent de remettre sur leur présentoir, une paire de chaussures à talons. Mon cœur battait la chamade. Encore une chance que maman ne se soit pas encore aperçue de la disparition de ses souliers, sans quoi elle aurait très bien pu faire le lien avec cette histoire. Au dire de la vendeuse, c'était bien la première fois qu'elle faisait une découverte pareille. S'il arrive que des chapardeuses abandonnent leurs vieux vêtements contre des habits neufs, jamais encore elle n'avait trouvé de chaussures. Et pour cause : ils n'en vendent pas chez « Daphnée. »

Entre elles, les vendeuses avaient imaginé toutes sortes de scénarios pour expliquer la présence de ces chaussures. À l'école, les discussions avaient repris de plus belle. Ma sœur, du haut de sa prétention, nous a exposé la synthèse de ces cancans. Selon elle, on ne peut retenir que deux hypothèses : soit il s'agit d'une voleuse qui de peur d'être surprise est sortie précipitamment dans la rue en laissant ses chaussures derrière elle, soit cette cliente était une folle qui s'était égarée dans cette boutique. Dans l'un comme dans l'autre cas, il était certain qu'on ne retrouverait pas la propriétaire de ces souliers.

J'aurais aimé être aussi catégorique qu'elle ! Mais même si je trouve que ses hypothèses sont absurdes, je me suis bien gardé d'exprimer mon opinion sur ce sujet. D'une part pour demeurer la petite fille sage et conciliante que je me suis promis d'incarner jusqu'à nouvel ordre, d'autre part, parce que je n'aurais pas vu d'objection à ce qu'on retienne l'une de ces deux hypothèses pour vraie, l'une et l'autre me disculpant. De toute façon, je n'avais pas d'autre solution à soumettre afin d'obscurcir davantage encore cette énigme.

Je m'apprêtais à poursuivre courageusement le défi que je m'étais fixé : avaler jusqu'à la dernière cuillerée l'infâme soupe de maman, lorsque cette pitoyable cuisinière prit la parole. « Vous avez l'esprit bien tordu, dit-elle. Tes amies et toi lisez trop de romans-feuilletons. Cette histoire n'a rien de mystérieux. Votre cliente aura tout bêtement oublié une seconde paire de chaussures apportée pour essayer une robe de soirée. Ce genre de choses échappe aux filles de ton âge qui ne se déplacent qu'en baskets, qu'il pleuve, qu'il neige ou qu'il vente. Ma sœur ne s'est pas démontée. « Mais alors comment expliques-tu que cette dame n'est pas revenue récupérer ses chaussures ?

— Mais parce qu'elle n'en a pas eu le temps tout simplement, lui a répondu papa. À moins que Cendrillon dans sa précipitation pour rentrer chez elle avant les douze coups de minuit…

— Très drôle. Vous me prenez vraiment pour une tarte ! »
J'ai fait un effort surhumain pour ne pas acquiescer.

MARDI 20 MAI

Le mystère perdure

La discussion est revenue sur le tapis. La grande bécasse ne s'est pas remise d'avoir été mouchée par papa et maman. Elle sait, grâce à une collègue de son amie employée à plein temps dans la boutique, que personne n'est revenu récupérer les chaussures. Je m'efforce de lancer la discussion sur un autre sujet, à la grande satisfaction de maman. Je marque des points…

MERCREDI 21 MAI

De l'autre côté du miroir

Je n'en ai pas dormi de la nuit. Je n'ai pas cessé de me retourner dans mon lit. Cette histoire de chaussures ajoutée à la perspective du contrôle d'histoire-géo qui m'attendait le lendemain, m'a fait faire des cauchemars.

Pas manqué. J'ai séché sur la moitié des questions. Heureusement, nous n'aurons pas les résultats avant la semaine prochaine. Ce n'est pas le moment de ramener des mauvaises notes à la maison. Le commerce triangulaire. Je croyais pourtant avoir suffisamment révisé le sujet. Je dois me reprendre.

L'affaire des chaussures a fait le tour de l'école des filles. Les collégiennes ont repris les cancans répandus par leurs aînées. Les avis sont partagés sur la question. Une fille a prétendu avoir vu une femme visiblement dérangée déambuler pieds nus dans les rues du centre-ville. On s'est moqué d'elle. Tout le monde la connaît cette femme. Cela fait des années qu'elle traîne comme cela sans but. C'est la folle du village. Personne ne sait d'où elle vient ni où elle habite. Impossible de l'imaginer rentrer dans cette boutique à la mode sans se faire remarquer et encore moins avec des chaussures à talons. Son passage aurait marqué les esprits. Vexée par les ricanements qui ont accueilli son idée, cette fille a prétendu qu'il était tout aussi absurde d'imaginer qu'une cliente ait pu oublier une deuxième paire de chaussures apportées pour essayer une robe. Elle pense comme ma sœur, qu'elle serait revenue les récupérer. À moins qu'elle n'ait volé la robe qu'elle convoitait, a rétorqué une autre. Stressée par le forfait qu'elle préméditait, elle aurait oublié ses chaussures. Ce qui explique qu'elle n'est pas venue les récupérer.

Au cœur de ce débat passionné, j'éprouvais une étrange sensation. J'étais entourée d'une cohorte de pipelettes résolues à discerner la personnalité, l'accoutrement, le mobile de cette mystérieuse cliente qu'elles avaient au même moment sous les yeux. Je retrouvai le frisson éprouvé dans cette cabine d'essayage. J'étais nue, offerte aux regards accusateurs qui ne me voyaient pas, qui ne me reconnaissaient pas sous les apparences successives qu'elles imaginaient pouvoir être celles de la coupable. Si je ne correspondais pas aux descriptions des suspectes, à tout moment je craignais que l'une d'elles ne déchire le voile de la jeune fille innocente et pure que je suis pour tout le monde. J'imaginais tous les regards se tournant brusquement vers moi, me découvrant telle que je suis en réalité, révélée par la bêtise et les mensonges dont je me suis rendu coupable. Comme si, toutes en même temps me surprenaient dans le plus simple appareil, perchée sur ces talons hauts de femme offerte au désir de cet homme à la voix grave.

Il me fallait faire diversion au plus vite. Détourner l'attention. Je devais faire disparaître ce personnage sulfureux que j'avais incarné derrière ce rideau. Une jeune fille était entrée dans cette boutique, était devenue une femme dans l'intimité de cette cabine d'essayage. Une femme sensuelle sous sa robe transparente, aux formes aguicheuses, affermies par des talons hauts. Une femme qu'on ne pouvait pas ne pas remarquer et que pourtant, ce soir-là, personne n'avait vu sortir de cette cabine… Inutile de chercher cette femme, d'interroger les vendeuses, les autres clientes présentes ce jour-là. Personne ne l'avait vu, pour la simple raison qu'elle n'avait pas réapparu.

« On ne retrouvera jamais cette femme, ai-je lancé soudainement. »

Partie dans mes pensées, j'avais perdu le fil de la discussion. Moi qui étais restée silencieuse jusqu'à présent, j'interrompais brutalement le cours d'un débat qui s'enflammait. Toutes s'étaient tournées vers moi, comme si elles s'apercevaient tout à coup de ma présence. Mon esprit avait pris la fuite avec cette voleuse de robe qui n'oserait jamais réapparaître. Ma sortie demandait des explications. Pour ne pas passer une nouvelle fois pour la gourde de service et profiter de cette attention que l'on m'accordait pour la première fois, je me lançais : « Si personne n'a vu cette femme, c'est peut-être qu'elle n'est pas ressortie de la boutique. » J'étais maintenant entourée d'une dizaine de paires d'yeux ronds. Dans la seconde qui allait suivre, il me faudrait étayer mon hypothèse au risque de me voir lapidé par les rires et les moqueries de cette assemblée chauffée à blanc par cette discussion orageuse. J'y allais au culot : « Personne n'a vu entrer une folle, ni ressortir une cliente pieds nus, ni revenir une femme étourdie. Et si celle qui était entrée dans cette cabine d'essayage n'en était jamais ressortie ? Je sais par une amie de ma sœur qui travaille dans cette boutique qu'il est fréquent que l'on retrouve le soir dans les cabines des habits déjà portés. - J'inventais - Ce jour-là, elle y a trouvé non seulement une paire de chaussures, mais également une robe et des sous-vêtements féminins…

— Tu veux dire que cette cliente est repartie toute nue dans la rue ? » Heureusement, il y avait plus bête que moi dans l'assemblée ! Cette petite de sixième fut châtiée sans pitié pour sa réplique. J'étais parvenu à éveiller la curiosité des plus grandes.

— Selon toi, elle se serait volatilisée, comme cela, hop !

— Je sais qu'une chose est sûre. Cette femme n'est pas ressortie de la boutique par là où elle est entrée.

— Mais comment est-elle sortie alors ?

— Par un accès caché, une porte dérobée. Ces commerces des rues piétonnes se sont installés au rez-de-chaussée des plus veilles maisons de la ville. Certaines remontent au Moyen Âge. À l'époque où la ville était entourée de remparts. Les rues étroites n'étaient pas les seuls moyens de communication. Des passages avaient été aménagés pour permettre la fuite des occupants à travers des tunnels souterrains. Certains conduisaient même jusqu'à l'extérieur de la ville, au-delà des fortifications. Si la plupart ont été découverts par les archéologues, d'autres demeurent secrets. »

J'étais contente de ma trouvaille. Au début de cette histoire, j'avais échappé à la foule oppressante de cette rue commerçante en me glissant par ce soupirail qu'avait été pour moi la cabine d'essayage de cette boutique de mode. Maintenant, je me dégageais du questionnement insistant des filles qui m'entouraient en m'esquivant par un tunnel secret que j'imaginais prolonger le passage que j'avais découvert dans cette arrière-boutique. Mon imagination me tirerait d'affaire. Il s'agissait d'être crédible et de convaincre mon auditoire de bien vouloir me suivre par ce passage à travers le temps à la découverte des mystères insoupçonnés de cette ville. Je les invitais à passer de l'autre côté du miroir, à aller au-delà des apparences, à chercher derrière la réalité tangible une explication insolite mais plausible à ce mystère.

De l'autre côté du miroir ! Mais oui, comme Alice. Cette cliente était passée de l'autre côté du miroir dans un univers insoupçonné. Je me gardais bien d'évoquer cette référence littéraire d'enfant-modèle devant mes copines qui lisent « *Nous deux* » en cachette de leurs grandes sœurs ou de leurs mères. Un monde ignoré se cachait derrière ce miroir. Un monde où se reflétait mon image. Une image fidèle, mais d'une autre que moi, vêtue d'une robe légère. Une inconnue pour celles qui s'arrêtent à mon aspect de petite fille sage et refusent de me mettre dans la confidence de leurs flirts avec les garçons. Je voulais traverser ce miroir pour aller à sa rencontre, apprendre à la connaître, en faire mon amie, m'évader avec elle de cette vie qui ne me convient pas, de cette ville où je m'ennuie à en mourir. Sans m'en rendre compte, imperceptiblement, je suis passée de l'autre côté. Je l'ai rejointe et lui ai laissée la parole depuis ce monde qui se cache derrière les apparences :

— Derrière le miroir. Elle est passée derrière un de ces miroirs grands comme des portes. Ils s'ouvrent sur une pièce oubliée à l'arrière de la boutique. C'est la seule explication, osais-je avancer.

— Je me souviens, a repris la petite de sixième, un jour avoir attendu avec ma mère de longues minutes derrière le rideau tiré d'une cabine d'essayage. Toutes se libéraient à tour de rôle pour laisser la place à des clientes arrivées avant nous. Celle-ci restait close. Exaspérée, maman a interpellé celle qui l'occupait à travers le rideau. Comme elle n'obtenait pas de réponse, elle l'a légèrement entrouvert. Cette cabine était vide ! Le plus bizarre est que par terre nous avons trouvé des vêtements sans étiquette.

— Et ben moi ma sœur nous a raconté qu'elle avait trouvé un slip usagé accroché au porte manteau, a ajouté une autre.

— Une autre fois, a renchéri la première. Nous avons entendu la voix d'un homme dans une cabine pour dames. Il parlait à voix basse avec une femme. Maman m'a éloignée. Elle ne voulait pas que j'entende ce qu'ils se disaient. N'empêche qu'ils sont restés drôlement longtemps. Maman elle n'a pas traîné. Nous sommes repartis avant que je n'aie pu voir leur tête.

— C'est sûr qu'il se passe des choses bizarres parfois dans les arrière-boutiques, a ajouté une troisième. D'ailleurs, maman ne me laisse jamais y aller seule. Elle reste toujours derrière le rideau. Je ne suis plus une enfant quand même ! Et puis je ne peux même pas acheter ce que je veux. Parfois, j'essaye des robes qu'elle refuse de me voir porter. Quand j'insiste et parviens à la faire plier, elle accepte à la condition d'effectuer elle-même les retouches. Soi-disant que le tailleur de la boutique coupe trop court. Elle ne veut pas me laisser entre ses mains. Après ça, tu peux être sûr que la robe finira dans la naphtaline. Pourtant, le retoucheur connaît son métier. Il sait mieux qu'elle les tendances de la mode actuelle quand même.

— La mode ça arrange bien les commerçants. Moins il y a de tissus plus c'est cher, dit ma mère. Raccourcir les jupes, ils ne demandent que ça. Tu crois que le tailleur garde ses yeux dans sa poche lorsqu'il retrousse les jupes des femmes perchées sur son tabouret, a ajouté une grande en clignant de l'œil en direction d'une copine de son âge.

— Ce n'est peut-être pas de son coup de ciseaux que ta mère a peur, a repris celle-ci. Chez

Daphnée, l'atelier de retouche est en sous-sol. Moi je n'y descendrai jamais toute seule.

— Mais pourquoi qu'elle est partie sans ses chaussures la cliente, qu'a osée la petite de sixième ? La première salve d'injure ne lui avait visiblement pas suffi !

— Espèce de gourde, qu'a répondue une autre à ma place. Parce qu'on l'a enlevée pardi. Elle n'a pas disparu de son plein gré.

Chacune avait une anecdote à raconter sur le sujet, un propos entendu dans une discussion entre lycéennes ou adultes, habituées de ce genre de commerce. On m'avait presque oublié. De cette surenchère sensationnelle il résultait de l'avis général que décidément il se passe des choses pas très nettes dans ces boutiques de mode du centre-ville. La disparition de cette femme aux talons hauts venait accréditer les histoires même les plus invraisemblables. Personne ne songea à remettre en cause ma théorie du miroir escamotable. Toutes convenaient que dans ce genre de lieu, on n'est jamais sûr de ne pas se dévêtir face à une glace sans tain derrière laquelle nous scrutent peut-être des hommes aux regards lubriques.

La sonnerie de la reprise des cours a interrompu le débat. A la cantine puis lors de la sortie on ne parlait que de cela. Le soir, à table, je m'attendais à ce que ma sœur relance la discussion. Mais je n'aurais pas imaginé qu'à la suite de mes camarades du collège Jeanne d'Arc, les élèves du lycée de ma sœur se seraient engouffrées par le passage que j'avais ouvert à travers le temps. Comme quoi elles ne sont pas plus malines que nous.

« Y en a qui disent que la dame aux chaussures aurait été enlevée, qu'elle a lancée en plein repas.

— Qu'est-ce que tu racontes a dit maman ?

— Si la dame n'est jamais revenue chercher ses chaussures, c'est qu'en fait elle n'est pas ressortie de la cabine. Pas par là où elle est entrée en tout cas.

— Et par où elle serait sortie alors, par les airs a plaisanté papa.

— Par un ancien passage aménagé il y a très longtemps au fond de cette vieille maison. On y accède par l'une des cabines de la boutique. La porte est probablement dissimulée par le miroir.

— Où est-ce que tu as trouvé une histoire pareille ? Dans un de tes romans-feuilletons ?

— Maman ! Ce n'est pas la première fois qu'il se passe des choses étranges dans cette boutique. Ma copine, qui y travaille le week-end, s'est souvenue d'une cliente très chic qui était venue chercher une robe de soirée pour un mariage. Elle lui a apporté quatre modèles différents. Comme le règlement n'autorise pas d'emporter plus de trois articles à la fois dans les cabines, mon amie a gardé une des robes en attendant le retour de la dame. Au bout d'un certain temps, comme d'autres clientes la sollicitaient et qu'elle ne voyait pas revenir celle qu'elle attendait, elle s'est rendue dans l'arrière-boutique où elle a trouvé les trois robes suspendues au porte-manteau d'une cabine vide.

— Vous avez l'esprit bien tordu a commenté papa.

Je me gardais d'intervenir. Je comptais sur le caractère borné de ma sœur pour tenir tête à mes parents. Je voulais éviter autant que possible d'accréditer ses niaiseries, d'autant que d'habitude, j'ai plutôt tendance à contredire méthodiquement tout ce qu'elle peut affirmer. Sans se démonter, elle a ajouté qu'une autre fille de son lycée a raconté s'être trouvée prise de vertige après avoir sucé un bonbon mis à la disposition des clientes près de la caisse d'une boutique. Elle n'a pas eu le temps de remettre en rayon les vêtements qu'elle avait essayés. Heureusement, elle est sortie sans tarder dans la rue respirer un air frais qui l'a revigorée.

— Arrête donc tes bêtises a dit maman, tu vas faire peur à ta sœur. Elle ne voudra plus me suivre dans les magasins.

— Pourtant, elle n'a rien à craindre. Ce n'est pas une boutique pour les gamines. D'ici qu'elle soit en âge de mettre une robe ! Et puis, si elle veut des bonbons, elle saura toujours te traîner jusqu'à une confiserie.

— Mocheté !

JEUDI 22 MAI

La tension monte

Elle a réussi à le placer. La garce. Il fallait la voir plastronner ce soir à table. C'était plus fort qu'elle. Elle devait nous mettre au courant. La mystérieuse cliente n'est pas revenue au magasin. C'est elle qui avait raison.

Maman n'a pas souhaité relancer le débat. Elle a bien voulu admettre que son hypothèse n'était peut-être pas la bonne. Si cela pouvait au moins la faire taire. On pourrait enfin parler d'autre chose. Papa a dit qu'elle nous casse les oreilles avec ses histoires à dormir debout. Vivement samedi, a-t-il ajouté, que l'on soumette nos tympans à un autre supplice. Ça c'est pour maman. On appelle cela faire d'une pierre deux coups. Entre les rengaines de sa bécasse de fille et les airs assommants de l'opéra où maman s'évertue à l'emmener, il a choisi le moins insupportable. Je partage son exaspération. Mais moi c'est la voix de maman que j'ai peur d'avoir à endurer samedi. Puisqu'ils vont au spectacle, elle souhaitera mettre une tenue de soirée. Je vois déjà le tableau : elle va chercher ses chaussures dans tout l'appartement.

Rapidement, elle s'énervera et s'emportera contre ma sœur et moi. Puis papa va s'y mettre parce qu'à traîner ainsi elle va finir par les mettre en retard. Et alors ça va tourner à la tragédie familiale.

Je crains le pire. J'ai songé à me débarrasser de cette robe. J'ai pensé la ramener au magasin pour me la faire rembourser et du même coup récupérer les chaussures de maman. Mais cela n'est peut-être pas une bonne idée. D'une part, la copine de ma sœur risque de me reconnaître. D'autre part, ses patrons hésiteront sans doute à me donner des chaussures qui ne sont visiblement pas adaptées à mon style. Je suis dans une impasse. Il me faut trouver une solution avant samedi pour éviter le clash avec maman.

VENDREDI 23 MAI

Traite des blanches

L'histoire des bonbons a fait un tabac dans la cour. C'est quand même bizarre que l'on en trouve toujours à disposition dans ces boutiques de mode. Il est entendu qu'il convient désormais de se méfier autant des mains du tailleur que des gâteries qu'il pourrait vous proposer.

Ça cogite dur entre filles. Les garçons nous regardent de loin. Ils semblent intrigués par nos conciliabules et se détournent par moments de leur partie de foot. Mais nous les gardons à distance. On aime bien les faire bisquer. Pour une fois qu'ils s'intéressent à nous.

L'histoire des bonbons a éveillé de nouveaux soupçons. Une lycéenne aurait raconté qu'un jour, en essayant une paire de chaussures dans une boutique du centre, elle a sursauté sous l'effet d'une piqûre au bout du pied. Ensuite, elle se serait sentie mal tout au long de la soirée. Il se trouve que ce magasin de chaussures est tout proche de chez Daphnée. Les filles n'ont pas tardé à faire le lien entre ces deux commerces. Et si la cliente aux chaussures à talons hauts avait été victime d'un empoisonnement selon un semblable mode opératoire ? Des souliers trafiqués par le vendeur de chaussures que le commerçant de Daphnée aurait mis à disposition de la cliente pour qu'elle essaye sa robe de soirée. Piquée au pied, elle se serait endormie dans la cabine avant qu'on ne la fasse disparaître derrière le miroir.

Plus personne ne plaisante sur ce sujet. Il convient de se méfier de tous les commerces d'habillement. Ce n'est pas un hasard s'ils se sont installés au rez-de-chaussée de ces maisons moyenâgeuses. Des tunnels relieraient leurs caves entre elles, par un réseau qui court sous tout le centre-ville. Plusieurs filles prétendent avoir entendu parler de ces souterrains désaffectés par un grand-père ou une grand-mère, même si personne ne s'y est aventuré.

« Ce n'est pas la première femme qui disparaît, a lancé ma sœur, toujours en mal de sensationnel, lors du repas du soir. Auparavant, d'autres filles se sont volatilisées sans laisser de trace.

— Mais enfin, les journaux en auraient parlé, a fait remarquer papa.

— Ce sont chaque fois des femmes célibataires qui se sont évaporées dans la nature, leur l'absence n'a été signalée que longtemps après leur enlèvement. Voilà pourquoi personne n'avait fait le lien avec la cliente de Daphnée.

— C'est du n'importe quoi a repris maman.

— Ah bon, mais tu ne connais pas la meilleure. On m'a raconté qu'un jour un militaire en permission a accompagné en ville sa jeune fiancée qui voulait faire du shopping. Elle est entrée dans une boutique de vêtements où son compagnon, gêné par la présence de toutes ces femmes, n'a pas voulu la suivre. Il a préféré lui donner rendez-vous à l'intérieur d'un bar tout proche. Après une bière et deux parties de flipper, comme elle ne l'avait toujours pas rejoint, il est allé la retrouver. Furieux d'être contraint de pénétrer dans ce lieu réservé à la mode féminine, il a cherché sa fiancée dans tout le magasin sans l'apercevoir. Alors, il l'a décrite au patron qui a prétendu ne pas se souvenir d'une telle cliente. Certain de l'avoir vu entrer dans cet établissement, il a alors fait le tour des cabines d'essayage, puis s'est dirigé dans l'arrière-boutique réservée au personnel. C'est là qu'il aurait découvert de grosses caisses en bois entre ouvertes. Elles étaient vides. Mais avant que le patron ne le chasse de sa boutique, il a eu le temps de noter que ces caisses étaient rembourrées de paille et percées sur les côtés de petits trous.

— Et sa fiancée, me suis-je inquiétée ?

— Elle était rentrée chez elle après avoir fait d'autres boutiques. Il y a aurait eu un malentendu sur leur lieu de rendez-vous.

— En tous cas, elle n'a pas disparu celle-là, a fait remarquer ma mère.

— Peut-être, mais le militaire a été très intrigué par ce qu'il a trouvé et par l'attitude du patron, très mal à l'aise, qui lui aurait demandé de ne pas faire d'esclandre au milieu des clientes.

— Réaction bien naturelle a noté papa. Cela aurait fait du tort à son commerce.

— Je suis d'accord avec toi, a ajouté cette effrontée. Mais du tort à quel commerce ?

— Qu'est-ce que tu vas nous sortir encore, s'est inquiétée maman.

— Vous n'avez pas compris à quoi pouvaient servir ces grosses caisses. Mais à transporter les femmes droguées dans les cabines d'essayage voyons. C'est un commerce de femmes que ce crétin de militaire a failli mettre à jour. Avec ce que l'on a appris depuis, il doit s'en mordre les doigts.

— On est en plein délire ma pauvre fille, a dit papa. » Devant le tour glauque que prenait l'affaire, il n'avait plus le cœur à tourner à la plaisanterie les divagations de ma crétine de sœur. Et il a complètement perdu son sens de l'humour lorsque celle-ci a fini par lâcher l'espression : « La traite des blanches. » Je n'avais jamais entendu cette expression auparavant. Au regard inquiet que mes parents ont simultanément tourné dans ma direction avant de faire taire d'autorité ma sœur, j'ai compris qu'il s'agissait de quelque chose de grave.

SAMEDI 24 MAI

Maman s'emporte

Ce matin, j'ai lancé cette expression au beau milieu des copines rassemblées dans la cour. J'étais à moitié étonnée de constater que la plupart en avaient déjà entendu parler. J'ai fait celle qui savait. Mais je me suis tu pour débrouiller le vrai du faux de l'entremêlement des commentaires passionnés et excessifs qu'avait déclenché ma sortie. Toutes n'étaient pas d'accord. Mais j'ai retenu de ce débat que l'on nomme ainsi un commerce qui approvisionne des pays lointains en femmes venues d'Europe. Des femmes jeunes et belles qui sont enlevées ici afin d'être envoyées au-delà des mers pour approvisionner les harems de sultans arabes.

Aussi absurde que cela puisse paraître, cette histoire tient debout. Toutes sont désormais d'accord sur la façon dont opèrent ces trafiquants. Quel meilleur appât pourraient-ils trouver que des cabines d'essayage de boutiques de mode ? Ce sont de véritables pièges à mouches. Les lumières des vitrines et les tenues affriolantes des mannequins attirent irrésistiblement les femmes. Elles ne peuvent réfréner l'envie de revêtir un de ces habits à la mode. Lorsque leur compagnon est occupé ailleurs, elles se rendent souvent seules dans ces boutiques, pour lui faire la surprise d'une nouvelle tenue. Parmi les femmes qui se dévoilent sans précautions devant ces miroirs indiscrets, il suffit aux commerçants de choisir les plus belles et de les entraîner dans les sous-sols après les avoir droguées.

J'avais la chair de poule en songeant rétrospectivement à la séance de strip-tease à laquelle je m'étais adonnée dans cette cabine. Lorsque je m'apitoyais sur la blancheur de mes guibolles, j'offrais sans le savoir un morceau de choix à la convoitise de ses trafiquants de chair fraiche. Avec mes jambes pâlottes, je corresponds probablement au profil des femmes recherchées par ces sultans. Je l'ai peut-être échappée belle.

J'écris à la lueur de ma lampe de poche. Je ne dois pas réveiller ma sœur qui est au lit depuis huit heures du soir. Elle a fini par s'endormir après avoir beaucoup pleuré. Je ne vais pas la plaindre, elle l'a bien cherché. Au moment du repas, elle a remis ça. Elle a prétendu que le bruit court qu'une vingtaine de femmes et de jeunes filles auraient disparu. Tout le monde en parle en ville, qu'elle a dit.

Dans l'après-midi, comme à son habitude, elle avait rejoint ses copines dans le centre-ville.

Elles ont flâné le long des voix piétonnes où sont rassemblés les commerces de vêtements. Elle a affirmé aux parents qui ne voulaient rien entendre de plus sur ce sujet en ma présence, qu'il y avait beaucoup moins de monde que d'ordinaire chez « Daphnée » et que la plupart du temps, les femmes qui entraient dans cette boutique étaient accompagnées d'un homme. Mais ce qui a surtout mis maman en colère c'est qu'après s'être obstinée à défendre sa théorie de la traite des blanches, elle a soutenue qu'elle ignorait comment ses chaussures à talon s'étaient volatilisées. Ça, maman n'a pas supporté. Il faut dire qu'elle lui avait bien chauffé les oreilles toute cette semaine avec ces histoires de disparitions. Et le soir où maman s'accorde son moment de détente culturelle voilà qu'elle découvre que cette sotte a égaré ses chaussures. Bien m'avait pris d'attendre lundi avant de lui faire signer la copie de mon contrôle d'histoire. Ce n'était pas le moment de lui montrer que mes lacunes en matière de commerce triangulaire sont aussi grandes que celles de ma sœur en ce qui concerne la traite des blanches. Les dénégations de cette gourde n'y ont rien fait. Elle a fini par se prendre la claque qu'elle méritait.

L'affaire des femmes enlevées a pris une telle ampleur que maman n'a pas fait le lien entre ses chaussures disparues et celles qui ont tout déclenché lorsqu'une vendeuse les a retrouvées dans une cabine d'essayage.

Malgré tout, je me sentais un peu mal à l'aise lorsque la sanction que méritait ma coupable étourderie s'est soldée par une gifle sur le visage de ma sœur. Dois-je en avoir honte ? Quand même, après tout ce qu'elle me fait subir !

Après cela, papa s'est énervé parce qu'à ne plus savoir comment s'habiller maman allait finir par les mettre en retard pour le spectacle de la maison de la culture. Finalement, ne trouvant rien à son goût, elle a décrété qu'elle n'irait pas à l'opéra. Papa, trop heureux d'échapper à ce supplice n'a pas insisté. Si bien qu'ils se sont couché peu de temps après avoir envoyé ma sœur dans sa chambre.

La maison a retrouvé le silence. Je suis seule à veiller. Demain, dimanche, nous restons en famille. Je ne verrai pas mes copines avant lundi. Qu'allons-nous apprendre de nouveau sur cette affaire ?

DIMANCHE 25 MAI

Au marché

J'ai été réveillé par le bruit du claquement de la porte d'entrée. Mon réveil indiquait 10h30. Je m'étais mise au lit très tard. Sans le retour fracassant de maman à la maison, j'aurais pu dormir jusqu'à midi.

J'ai déjeuné en pyjama au milieu des fruits et légumes du cabas renversé sur la table. Maman fumait une cigarette sur le balcon. Je croyais pourtant qu'elle avait arrêté. J'ai jugé qu'il valait mieux ranger les courses avant qu'elle ne me l'ordonne.

Ma sœur, comme chaque matin, s'était enfermée pour un long moment dans la salle de bain. Plus longtemps encore qu'à son habitude. À croire qu'elle cherchait les ennuis. Papa a tambouriné plusieurs fois à la porte en vain. Heureusement que le dimanche il n'est pas pressé. Il s'est réveillé de bonne humeur après s'être couché tôt, ravi d'avoir échappé à la soirée mortelle prévue hier soir. Par contre, maman n'a pas ri de ses plaisanteries sur ma sœur, comme quoi sa fille devait certainement avoir un Jules pour passer autant de temps à se pomponner. Puis elle a carrément fait la grimace lorsqu'elle a vu cette mocheté sortir de la salle de bain fardée comme une fille de mauvaise vie. On a eu droit à une nouvelle scène. Pour qui elle se prend celle-là ? Après les chaussures à talons voilà qu'elle emprunte le maquillage de maman. « Il n'est pas question que tu ailles dehors comme ça, qu'elle a dit. » Papa, plutôt amusé par son visage de clown, a essayé d'arrondir les angles. Mais maman furibonde, ne voulait rien entendre :

« Il ne faut pas s'étonner après qu'il arrive des choses quand on voit comment les filles se dévergondent aujourd'hui. — N'importe quoi », a répondu l'effrontée avant de filer en trombe dans la chambre et de claquer la porte derrière elle. La journée commençait bien !

Ma sœur n'a réapparu qu'à midi. Des larmes avaient fait couler son rimmel. Malgré ses tentatives pour effacer ces traces, elle conservait sous les yeux des cernes noirs qui l'enlaidissaient davantage encore. Papa se retenait de rire. Maman faisait la tête, moi, je gardais le silence. Si bien que le repas s'est déroulé dans une atmosphère plutôt tendue. Pour arranger les choses, maman nous avait concocté un de ces plats sans saveur dont elle a le secret. D'ordinaire, nous attendons avec impatience le repas dominical où un poulet rôti acheté à la rôtisserie du marché nous console de la cuisine déplorable que nous sert maman durant la semaine. Une fois de plus, papa a essayé de tourner cet amer constat à la plaisanterie. Mais décidément, maman n'était pas d'humeur à rigoler.

« Tu n'avais qu'à faire les courses toi-même si le repas ne te convient pas. Ce n'est pas une sinécure qu'elle a ajoutée. Particulièrement aujourd'hui ». Elle nous a alors racontés qu'elle n'avait pas supporté de faire la queue devant les échoppes du marché. Il y avait plus de monde que d'habitude. Ajouté à cela, les commerçants s'attardaient complaisamment avec leurs meilleures clientes dans des papotages interminables. Toutes ces bonnes femmes étaient prises d'une frénésie de basse-cour. On ne parlait que de ça, de ces ragots stupides au sujet des boutiques de mode du centre-ville. Le sujet était sur toutes les lèvres. Maman parlait à demi-mot, pour ne pas donner raison à ma sœur, ni évoquer ouvertement la nature d'un trafic dont elle estimait que j'étais encore trop jeune pour en connaître les détails. Alors, pour lever cet apriori, j'ai mis délibérément les pieds dans le plat :

« Tu veux parler de la traite des blanches, de ce commerce de femmes entre l'Europe et le

Moyen-Orient, ai-je lancé comme si je récitais ma leçon du contrôle d'histoire prévu pour le lendemain. » J'ai ensuite développé le sujet pour bien lui montrer que je n'étais plus la petite fille niaise qu'elle s'imagine. J'avais, de fait, appris tout cela à l'école. Non sur le banc de la classe, mais dans la cour de récréation. Elle a dû regretter de ne pas avoir convaincu mon père de m'inscrire dans une école privée au début de ma scolarité comme elle l'avait souhaité.

Constatant que j'avais perdu mon innocence, elle exposa, décomplexée, les ragots qui avaient proliféré dans ce bouillon de culture qu'est le marché du dimanche matin. On parlait d'un trafic organisé par plusieurs commerçants qui mettaient à profit l'infrastructure souterraine qui relie depuis le Moyen Âge leurs boutiques, afin d'enlever, de séquestrer puis d'expédier dans des caisses aménagées à cet effet leurs proies chloroformées vers des pays lointains.

« On nage en plein délire, a commenté papa.

— Il n'y a pas de fumée sans feu, a fait remarquer le clown triste.

— Ça veut dire quoi « chloroformé », ai-je demandé ?

— C'est un produit qu'utilisent les criminels dans les séries policières à la télévision, m'a expliqué papa. Ils imbibent un coton de ce liquide et le plaque sous le nez de leurs victimes pour les endormir. Ne cherchez plus, Colombo va résoudre l'affaire. Décidément, il ne peut pas s'empêcher de tourner les choses à la plaisanterie. Mais maman n'a même pas souri.

— La discussion est devenue tellement passionnée entre le boucher et ses clientes que je n'ai pas eu la patience d'attendre mon tour, s'est-elle justifiée.

— C'est bien la peine de frayer en pleine basse-cour pour finalement ne pas nous ramener de poulet, à lancé papa ».

J'ai étouffé un éclat de rire. Ce rire si particulier que papa s'amuse à provoquer chez moi dès qu'il en a l'occasion, mais que ma sœur qualifie gentiment de « *gloussement de bécasse* ». J'ai beau essayer de corriger ce rire puéril, il m'échappe parfois en public et me fait immanquablement passer pour une gamine écervelée. J'apprends à me maîtriser. Devant la glace de la salle de bain, je m'entraîne à esquisser un sourire discret à la façon des vedettes de cinéma. Surtout garder les lèvres closes, ne pas rire à pleines dents et dévoiler ainsi à tout le monde mon appareil dentaire.

Dans la situation présente, il importait de rester sérieuse pour montrer que j'avais bien compris les enjeux dramatiques de ce dont tout le monde cause désormais en ville et justifier ainsi ma présence au cœur de ce débat. Ce qui m'a le plus étonné est de constater que maman n'est plus aussi virulente que la veille contre cette rumeur que ma sœur, la première, a colportée jusqu'à la maison. Que tant de gens prêtent foi à ces dires semble la troubler.

« Mais si des disparitions avaient eu lieu dans cette ville, les journaux en auraient parlées, a souligné papa. » Or, dans son quotidien du matin, il n'y avait aucun article sur le sujet.

— Ils ne veulent pas affoler la population, a rétorqué ma sœur qui veut toujours avoir réponse à tout.

— Si la chose est avérée, plus personne n'osera mettre les pieds dans les boutiques du centre-ville, a reconnu maman.

— Ils iront s'habiller dans les échoppes du marché, à ajouté papa. Pas étonnant que ces commerçants colportent complaisamment ces ragots. On sait maintenant à qui profite le crime. Colombo tient une piste…

— Décidément, il n'y a pas moyen de discuter sérieusement avec papa, a conclu le clown triste.

LUNDI 26 MAI

Devant la machine à café

Papa est parti de mauvaise humeur au travail. Maman, qui n'avait pas d'obligations ce matin, a squatté la salle de bain. Elle s'y est enfermée une bonne demi-heure. Avec l'âge, elle passe plus de temps qu'avant à se recouvrir de crèmes en tous genres. Je crois qu'elle a peur de vieillir. Comme dans le même temps sa fille aînée a hâte d'être une femme, toutes les deux se bousculent devant le miroir de la salle d'eau. Ainsi, il me reste peu de temps pour me débarbouiller et me coiffer avant de partir à l'école. On a de moins en moins d'intimité dans cette maison. Papa doit se démener afin de trouver une brèche entre nous pour se raser et prendre sa douche. Ce n'est pas facile pour lui de vivre au milieu de trois filles qui, avec l'âge, accordent de plus en plus de temps à leur toilette.

J'avais hâte ce matin d'arriver à l'école avant la rentrée des classes afin de pouvoir discuter de l'affaire avec les copines. Les garçons s'agacent maintenant de nos conciliabules. Derrière la barrière qui sépare leur cour de la nôtre, ils nous interpellent et nous chahutent. Pour être tranquille, nous nous sommes réunies dans les toilettes du préau. Les professeurs commencent à s'irriter de notre manège.

En tous cas, cette histoire d'enlèvement a fait débat dans les foyers durant ce week-end. Toutes mes camarades avaient une anecdote à raconter qu'elles tenaient d'une sœur ou de l'amie d'une amie. Alignés bout à bout, tous ces indices concordent. Seule la « *binoclarde* », ainsi que nous surnommons la meilleure élève de la classe, affirme, comme le prétend sa mère, que ce sont des histoires à dormir debout.

Devant l'évidence des faits et le silence des adultes, certaines ont proposé que l'on en parle à notre professeur principal afin d'en avoir le cœur net. J'étais plutôt réticente, car je pense que les adultes ont une fâcheuse tendance à ne pas accorder de crédit à la parole des enfants. Mais la sonnerie de la rentrée des classes a conclu le débat sans qu'une décision n'ait été prise. Puis, lors du cours d'histoire, les circonstances ont voulu que la maîtresse décide de nous rendre les copies du contrôle de la semaine dernière. Comme je le craignais, j'ai obtenu une très mauvaise note.

Ensuite, si mes lacunes injustifiables en matière de commerce triangulaire m'invitaient à faire profil bas, la binoclarde, elle, s'est crue en droit de compléter sa prouesse écrite d'une prestation orale. Elle a demandé la parole, s'est levée et a exposé devant les copines médusées nos théories sur cette forme "d'esclavage moderne" qui fleurirait dans notre ville. Comme je l'avais prédit, la maîtresse a tourné en dérision toute cette affaire. Elle en a profité pour nous faire une leçon sur les principes de la matière qu'elle enseigne. Comme quoi l'histoire se base sur des faits avérés par des documents, des témoignages écrits, des découvertes archéologiques, des investigations méthodiques alors que nos « sornettes » ne reposeraient que sur du vent qui dispersera aussi vite qu'il les a propagés ces « ragots de bonnes femmes. »

Le problème avec les professeurs, c'est qu'ils passent plus de temps à faire des recherches dans les livres que sur le terrain. Vu comme elle se fringue, je lui conseillerais, avant d'être aussi catégorique, de mener ses « investigations » dans les rues commerçantes du centre-ville où sont implantées les boutiques à la mode. Au demeurant, je suis sûre qu'entre eux les profs ne parlent que de cela. Lorsqu'ils vont et viennent dans la cour, en deux groupes qui se font face, tantôt en marche arrière, tantôt en marche avant, je devine à leurs expressions que la question anime leurs discussions.

Des histoires de bonnes femmes, qu'elle a dit ! Que je sache, au bureau où travaille papa, ils emploient principalement des hommes. Et ce soir, à entendre ce qu'il nous a raconté de sa journée, autour de la machine à café du boulot, le sujet était aussi brûlant que les boissons lyophilisées.

À midi, dans la brasserie où il prend sa pause-déjeuner, à défaut d'avoir une opinion sur la véracité de cette histoire, chacun avait sa théorie sur le silence officiel qui l'entoure. Si la presse se tait et que la police n'intervient pas sur les lieux du trafic, c'est que des notables de la ville seraient impliqués. Dans les hautes sphères on aurait tout intérêt à garder sous silence ce qui se trame dans les bas-fonds. D'autant plus que nous approchons d'une échéance électorale importante. Cette histoire pourrait faire désordre dans la campagne présidentielle qui bat son plein.

Même Colombo est désormais gagné par le doute. Les commerçants du marché sont mis hors de cause. Papa pense qu'il faut chercher plus haut les responsables de ce trafic, sans toutefois être en mesure de préciser ses soupçons.

L'affaire a pris une autre tournure depuis qu'il est sur le coup. C'est lui désormais qui dirige l'enquête. Il décide des pistes à explorer, de celles qui convient d'ignorer. J'entrevois à la façon dont il se permet de me couper la parole pour me renvoyer à mon «immaturité» d'adolescente, que je serai bientôt évincée des briefings quotidiens qui, à table, nous réunissent depuis une semaine autour de cette énigme. Je compte bien me défendre. Mais ce soir j'ai fait profil bas. Avec la note déplorable de mon contrôle d'histoire sur le commerce triangulaire, ce n'était pas le moment de la ramener.

MARDI 27 MAI

Chez la coiffeuse

Maman a eu la bonne idée de se laver les cheveux de bon matin. Elle a mis tout le monde à la bourre. Pourvu qu'elle soit à l'heure à son rendez-vous chez la coiffeuse, il n'y a que cela qui compte. Quand papa lui dit qu'il est ridicule de se les laver alors qu'elle va passer entre les mains d'une shampouineuse, elle prétend qu'il s'agit avant tout d'une question d'amour-propre. N'importe quoi !

Maintenant que je sais que les ficelles de ce trafic sont tirées par des grosses huiles, je me méfie de toutes les formes d'autorité. Les copines et moi sommes d'accord pour tenir les enseignants à l'écart de nos conversations. Lorsque l'un d'eux vient s'inquiéter de notre agglutinement derrière la porte des toilettes, nous nous dispersons sans donner de réponses aux questions que soulève notre attitude.

La binoclarde se plaint d'être « ostracisée », pour reprendre le mot qu'elle a employé devant nous. Non mais ! Pour qui elle se prend avec son vocabulaire de ministre ? Lors de la récréation de l'après-midi, après avoir vérifié la signification de ce mot dans un dictionnaire de la bibliothèque, nous l'avons convoquée à l'abri des toilettes. Là, sur la base de la définition du Larousse, lui a été lue la sentence votée contre elle à l'unanimité. Nous avons décrété de *l'exclure* de nos réunions, de la *bannir* de cette assemblée, de *l'écarter* des décisions qui y seront prises à l'avenir. Elle peut toujours aller pleurer chez la directrice.

En rentrant à la maison, lorsque maman m'a ouvert la porte, je me suis retenue pour ne pas éclater de rire. Elle a osé ! Entre tous les portraits de stars du hit-parade qui trônent sur les murs du salon de coiffure, elle a visiblement choisi de prendre pour modèle l'affreuse tignasse de Sheila ! Elle qui d'ordinaire se coiffe comme Françoise Hardy ! Je ne pouvais pas faire semblant de ne rien remarquer. Alors j'ai joué l'hypocrite. J'ai dis, pour lui faire plaisir, que cette coupe la rajeunissait. D'autant qu'elle en avait profité pour se faire une couleur. Je ne sais pas si elle a cru à mon compliment. Elle devra en tout cas s'en contenter, car c'est le seul qui lui a été adressé de la soirée.

Ce n'est pas faute d'avoir passé du temps entre les mains de la coiffeuse. À entendre maman, elle l'a gardée au moins deux heures. Déjà que d'ordinaire celle-ci est plutôt bavarde, ce matin elle était, paraît-il, particulièrement volubile. Entre les clientes qui attendaient leur tour, les shampouineuses, les coiffeuses et celles dont on soignait les cheveux, c'était une vraie volière paraît-il. Je veux bien le croire. Je les connais les filles du salon. Elles sont plus agiles avec leurs langues qu'avec leurs doigts.

J'ai hâte d'avoir la liberté de me rendre seule dans le salon de mon choix. Je n'ai plus l'âge d'être accompagnée par ma maman. La patronne qui me coiffe depuis que je sais marcher continue à m'appeler « mon petit poussin. » Je ne peux me permettre aucune fantaisie. C'est toujours maman qui lui donne les consignes pour ma coupe. Dès que je sors de là, je me précipite à la maison pour me refaire une autre tête avec ce qu'elle m'a laissé de cheveux.

Ma seule consolation est la lecture des revues mises à la disposition des clientes. Pendant que maman est entre les mains de la coiffeuse et ne peut lire par-dessus mon épaule, j'en profite pour me plonger dans ces magazines à sensation. Ils sont très instructifs. J'apprends plein de choses sur la vie intime des vedettes. Dans la revue "Noir et Blanc" on trouve même des articles assez coquins. Il ne faut pas aller chercher plus loin la source d'informations des clientes de ce salon !

Maman nous a raconté que toutes se sont tus lorsqu'elle a poussé la porte du salon. Mais dès que la patronne a reconnu une fidèle cliente, elles sont reparties de plus belle dans leurs papotages. Si bien que lorsque Sheila est rentrée chez-elle, elles en parlaient encore.

Dans l'espace confiné de cette boutique pour femmes, le sujet a été approfondi au-delà de ce qui est possible de faire dans un lieu ouvert comme le marché du dimanche. Les faits étant désormais avérés par une multitude de témoignages concordants, il convient maintenant de chercher à qui profite le crime. D'autant que la police semble délaisser cette affaire et que la presse n'en fait aucun écho.

Ce silence est orchestré. Ce point fait l'unanimité. Des complices haut placés ont intérêt à cacher ce qui se passe dans cette ville. Une cliente a avancé que l'état devait avoir des bonnes raisons de fermer les yeux sur ce trafic avec le Moyen-Orient. Si la traite des blanches pouvait s'opérer en toute impunité sur notre sol c'est que ses bénéficiaires étaient en même temps nos principaux fournisseurs en pétrole. Une sorte de commerce triangulaire moderne en somme.

Du haut de son fauteuil de coiffeur, maman trouvait que cette hypothèse était un peu tirée par les cheveux. Une autre a dit qu'il ne fallait pas chercher si loin. Que le mal était propre à cette ville. Qu'au-delà de l'apparence paisible de cette cité qui s'endort à la nuit tombée, il existe une vie nocturne où des notables se livrent à des soirées fines avec les femmes enlevées par des commerçants complices. Selon elle, on ne trouvera pas ces victimes au-delà de la Méditerranée mais dans les sous-sols de cette ville, dans les oubliettes souterraines de sa partie historique.

Là, la patronne a dit qu'il est inutile d'essayer de couper les cheveux en quatre et qu'avant d'identifier les éventuels commanditaires de ce trafic, il faudrait s'intéresser à ceux qui dirigent ces lieux douteux d'où le scandale est parti. Ces disparitions ne se sont pas produites dans n'importe quelles boutiques, a-t-elle fait remarquer. Ces magasins de mode, a-t-elle précisé, se sont installés depuis peu de temps au centre-ville. Ils ont prospéré rapidement. Trop rapidement à son avis. Elle sait de quoi elle parle. Il faut du temps pour faire son trou dans une ville de province. Un tel succès commercial a de quoi intriguer. C'est vrai qu'ils sont plutôt doués pour le commerce des tissus et l'habillement, a-t-elle ajouté. « C'est bien connu. » Mais comment font-ils pour s'en sortir en pratiquant des prix aussi bas dans ce quartier central où les loyers sont les plus chers ? « Je vais vous le dire, a-t-elle poursuivi avant que l'une ou l'autre ne réponde. Avec des prix pareils ils attirent les clientes et avec cette marchandise, font leur marge dans un tout autre secteur. Ces gens-là sont prêts à tout pour faire de l'argent. Ils peuvent même commercer avec les pays arabes, leurs pires ennemies au Proche-Orient. »

Mes cheveux se sont dressés sur la tête lorsque j'ai entendu cela, a dit maman. Mais ce qui l'a surtout défrisée, pour reprendre son expression, c'est d'entendre les autres femmes présentes dans le salon acquiescer à ces propos. C'est comme si la coiffeuse avait soulevé une chape de plomb. Les langues se sont déliées. Maman a entendu toutes sortes de réflexions qu'elle a refusé de répéter en ma présence.

Mais jusqu'à quand me prendront-ils pour une gamine ? Ils n'ont plus besoin de me mettre en garde comme lorsque j'étais petite et qu'on m'envoyait acheter le pain pour m'aider à vaincre ma timidité. Je sais lire les prix, juger de la qualité de la marchandise et recompter ma monnaie. Les commerçants sont tous les mêmes. Ils essayent de faire des bénéfices, de façon plus ou moins honnête. Et alors ? Comment ceux qui dirigent les boutiques de mode du centre-ville en sont venus à diversifier leur activité dans le domaine de la chair fraîche, je n'ai pas pu le savoir.

Quand papa a demandé à maman pourquoi elle n'avait pas protesté contre de tels propos, elle a dit qu'elle s'était trouvée soudain si seule dans ce salon de coiffure, qu'elle avait eu peur de déclencher à son encontre cette haine qu'elle avait sentie monter dans son dos. Elle a ajouté, ce qui n'est pas idiot, qu'il n'est pas prudent de se fâcher avec quelqu'un qui manipule un objet tranchant dans votre nuque. Mais elle a aussi reconnu qu'elle n'avait pas été très fière de l'image impassible que lui avait renvoyée le miroir. Du coup, elle ne s'était même plus préoccupée de sa coupe de cheveux. Elle n'avait qu'une hâte : en finir au plus vite. Elle a d'ailleurs prétexté un rendez-vous urgent pour abréger ce supplice. Au grand dépit de la patronne qui estimait ne pas avoir complètement terminé son travail. Sur ce point au moins, autour de la table, tout le monde était d'accord avec elle. Mais personne ne s'est permis de le faire remarquer à maman.

Aussi, pour conclure, elle a pris sa deuxième résolution de la journée. Après celle, hasardeuse, de vouloir se faire une tête de midinette, elle a décidé devant nous de ne plus remettre les pieds dans ce salon de coiffure. La clientèle qui le fréquente est imbuvable. À y bien réfléchir, a-t-elle ajouté, ces femmes sont plus laides les unes que les autres et leurs tentatives désespérées pour se donner une seconde jeunesse carrément grotesques. Elles sont en mal de sensations fortes et frissonnent à l'idée d'être enlevées par des trafiquants de chair fraîche. Mais il y a bien longtemps que celles-ci sont avariées.

Je l'avais rarement entendu aussi cinglante envers ses congénères. Mais là où elle m'a laissé sur le cul, c'est quand, se tournant vers moi, elle m'a demandé si cela ne me peinait pas trop de ne plus retourner à l'avenir chez cette coiffeuse ! « Je sais que tu étais attachée à elle, depuis le temps, m'a-t-elle dit. Il y a longtemps que j'y songe. J'ai fait des efforts pour toi, mais désormais je ne peux la supporter davantage, a-t-elle conclu. » Ça c'est trop fort ! Elle n'a pas besoin de se faire des cheveux pour ça.

MERCREDI 28 MAI

La parole d'une enseignante

La binoclarde a dû cafter. J'imagine que l'on en a parlé en salle des profs. Le débat a dû être d'un autre niveau que dans le salon de coiffure ! J'imaginais le rappel à l'ordre, un mot pour les parents, une punition pour les meneuses. Mais en final, notre professeur principal ne nous a rien dit. Aucune consigne n'a semble-t-il été donnée par la direction du collège. Il faut croire alors que la maîtresse d'Anglais a pris seule la décision de nous parler de cette affaire. Mais comme ce sujet n'entrait pas dans le cadre de son programme, elle a choisi d'entamer le dialogue avec nous dans la langue de Shakespeare.

Malheureusement, comme je ne brille pas dans cette matière, je n'ai pas pu en placer une. Devinez qui s'est octroyé le droit de parler en notre nom ? Cette chipie a profité de son aisance dans cette langue pour s'exprimer sur un sujet où nous lui avions interdit de communiquer en notre présence. Si bien qu'elle n'était pas au fait des derniers ragots. Et, du coup, la moins bien placée pour prendre la parole sur cette affaire. Elle n'a pas pu apporter les derniers éléments en notre possession. Ceux qui accablent de façon irréfutable les commerçants du centre-ville. Et pourtant, malgré la pitoyable plaidoirie de cette avocate commise d'office, nous n'avons pas subi de condamnation de la part de la prof d'anglais. À notre grand étonnement, celle-ci nous a mis en garde contre ces commerces pour femmes. Elle nous a dit qu'il valait mieux éviter leur arrière boutique par les temps qui courent. Vous auriez vu la gueule de la binoclarde. En tous cas c'est la traduction que j'ai eue des copines. Moi je n'ai retenu qu'une expression « *be careful.* » Et celle-là, je la connais bien pour l'avoir recopiée 50 fois après un contrôle raté.

Malgré tout, je n'en reviens pas de constater l'ampleur que prend cette histoire. Si les professeurs y accordent du crédit, c'est qu'il doit vraiment se passer des choses graves derrière les rideaux des cabines d'essayage.

Ce soir, lors de notre briefing quotidien, j'ai fait état de l'opinion de notre professeur. Je savais qu'aux yeux de papa sa parole aurait plus de poids que celles d'une poignée de pouffes décolorées par une coiffeuse vulgaire. Du coup, par cette info, j'ai gagné le droit de continuer à siéger au conseil de famille.

Ma sœur a surenchéri en affirmant que sa copine, qui travaille comme vendeuse chez Daphnée, s'est vu interdire d'y retourner par sa mère. Et sa mère ce n'est pas de la gnognotte, qu'elle a ajouté. Elle a de l'instruction. Elle est cadre dans une entreprise.

Maman a reconnu que c'était plus prudent en attendant que l'affaire soit éclaircie. Papa, pessimiste, a dit qu'on ne saura jamais le fin mot de l'histoire. Que les personnages haut placés qui trempent là-dedans finissent toujours par échapper à la justice.

JEUDI 29 MAI

Chez le dentiste

Pas d'école aujourd'hui. Ça me manquerait presque. Pas les cours, mais nos réunions derrière la porte des toilettes.

Nous sommes allés chez le dentiste. Mauvaise nouvelle. Mon tortionnaire a confirmé qu'il me faudra garder cet appareil durant au moins six mois encore. Je ne le supporte plus. J'ai l'impression de porter une ceinture de chasteté. Comment envisager d'embrasser un garçon avec la langue quand votre bouche est ainsi barricadée ? Ça va me gâcher les vacances d'été.

Avec cette ferraille sur les dents, je me sens aussi engoncée et gauche que si je portais l'armure de Jeanne d'Arc. Lorsque je traverse la cour d'école, j'ai l'impression que les mouvements de tout mon corps se trouvent entravés par cette prothèse. À l'heure du procès, je serai bien incapable de défendre ma cause devant mes bourreaux anglais : comme peut-on positionner correctement sa langue et prononcer le son "Th" avec un appareil dentaire ?

A force de traquer les caries, de plomber les molaires et de détartrer les sourires, toutes ces rangées de dents doivent se confondre dans l'esprit du dentiste. Si le médecin de famille partage nécessairement certains secrets intimes de ses patients, le dentiste ne connaît des siens que ce que lui révèle l'état de leur bouche. Forcement, allongé sur son fauteuil la gueule grande ouverte, il est impossible de communiquer avec lui autrement que par des hochements de tête ou des clignements d'yeux. Dans cette position, on perd un peu de sa dignité. Adultes comme enfants sont contraints aux mêmes grimaces sous la lumière aveuglante d'un spot.

J'imagine qu'au bout de quelques minutes d'une lutte acharnée à coups de roulette, le dentiste doit oublier à qui appartient cette dent qui lui résiste. C'est ainsi que lui a sans doute échappé la présence sous ses instruments de la propre fille de la patiente qui venait de l'interpeller au sujet de l'affaire, c'est-à-dire moi. Voilà bien la preuve que cette histoire ne laisse pas maman indifférente.

Elle n'a pas pu résister à la tentation de demander son avis à un spécialiste. Il est curieux de voir comment mes parents accordent un crédit particulier à l'opinion de quelqu'un qui a fait de longues études avant d'exercer une profession libérale. Comme si cela était le gage d'un esprit averti et objectif. Comme si tout ce qui devait sortir de sa bouche était paroles d'or.

J'ai compris qu'après les bavardages du marché et les convictions douteuses de la coiffeuse, maman éprouvait le besoin de consulter l'avis d'une sommité. L'opinion de mon professeur d'anglais avait de quoi la perturber. Il lui fallait consulter à un niveau supérieur de la hiérarchie sociale, ne serait-ce que pour damer le pion à sa fille. Et notre dentiste, en raison du cursus qui lui a permis d'acquérir cette position professionnelle, est sans doute la personne la plus avertie de son entourage.

Mais les diplômes attestent d'une compétence technique sans garantir les qualités de discernement de celui qui l'a obtenu. Maman en a fait l'expérience aujourd'hui. Une fois lancé sur ce sujet, il lui a été impossible d'interrompre, ni même de modérer, le discours passionné de ce spécialiste.

Il en savait un rayon sur cette histoire. Forcement avec toutes les bouches qui défilent dans son cabinet, certaines doivent avoir la langue bien pendue. Toutes ces confidences lui ont permis de se faire une opinion tout à fait singulière sur la question. Il nous en a fait la synthèse :

Selon lui, il n'est pas étonnant que dans une ville qui voue un véritable culte à une pucelle, les jeunes filles d'aujourd'hui s'imaginent une vocation pour le sacrifice de soi ? Ce n'est pas un hasard si cette histoire a éclaté à l'aube du printemps, quelques jours après la fin des festivités consacrée à Jeanne d'Arc. À notre époque de libération des mœurs, certaines filles sont tiraillées entre ce désir de liberté et l'importance symbolique que donne encore la génération de leurs parents à la virginité. Elles ont trouvé un coupable imaginaire qui les disculpe de leur désir d'aventure sexuelle. La traite des blanches est le scénario romanesque qu'elles ont choisi pour fantasmer la perte de leur innocence. Elles se donnent ainsi le rôle de victimes héroïques d'un voyage initiatique vers l'érotisme de contrées exotiques.

J'observais maman du coin de l'œil. Elle semblait à la fois impressionnée par les théories du praticien et gênée par sa liberté de ton. Avec un naturel déconcertant, il employait des mots qu'ils n'étaient pas permis de prononcer à la maison. Sans doute pour ne pas ajouter à son complexe d'infériorité intellectuelle, la démonstration d'une pudibonderie d'une autre époque, elle se garda de l'interrompre. Si un tel personnage se permettait de parler avec autant de liberté en notre présence, c'était que les convenances l'y autorisaient.

Maman fut complètement soufflée lorsque celui-ci convoqua à l'appui de ses hypothèses l'avis autorisé d'un ami psychanalyste. Elle n'aurait pas été plus mal à l'aise si on l'avait introduite en chemise de nuit dans la suite royale de la reine d'Angleterre. En lui confiant les analyses d'un tel homme elle avait l'impression d'être conviée au sein d'un cercle privilégié. Ce psychanalyste, qui avait sans doute recueilli les confessions angoissées de certaines de ses patientes, en avait conclu que tout cela résultait d'un sentiment de culpabilité collective à l'égard de cette grande figure résistante et catholique que fut Jeanne d'Arc. On avait abandonné et laissé brûler une jeune fille vierge après qu'elle ait sauvé la France. Inconsciemment, toute jeune fille innocente éprouverait la crainte d'encourir un tel péril. Ainsi, il serait naturel que les habitants de cette ville qu'elle a libérée des Anglais, rejettent la responsabilité d'un tel crime sur un bouc émissaire. Qui pourrait mieux tenir ce rôle aux yeux d'une population catholique que les sultans musulmans qui règnent sur les lointains harems du Moyen-Orient ?

La démonstration était implacable. D'ailleurs, maman n'a rien trouvé à redire. Elle semblait décontenancée, incapable d'argumenter en faveur ou contre les théories que l'on venait de lui asséner.

C'est pour cela sans doute qu'elle éprouva le besoin de s'allonger à son tour sur le divan du spécialiste. Bien qu'aucune douleur ne nécessite un examen, elle ressentit soudain l'urgence d'un détartrage complet et d'un blanchissement des dents. Je m'étonnais de cette coquetterie. Voilà qu'elle voulait redonner leur couleur naturelle à sa denture après avoir masqué celle de ses cheveux lors de la transformation spectaculaire opérée par la coiffeuse. Débarrassée de ses quelques cheveux blancs, elle ressentait maintenant le désir impérieux de nettoyer sa bouche de ses impuretés.

Je l'envie de pouvoir désormais sourire à pleines dents, d'avoir le privilège de dévoiler l'émail immaculé de sa denture.

Elle s'est payé le luxe de s'offrir une seconde jeunesse. À l'aide de quelques artifices, elle a effacé quelques années de trop. Malheureusement, il n'est pas aussi simple pour moi de paraître quelques printemps de plus. Tant que les coiffeuses s'évertueront à me couper les cheveux toujours de la même façon, selon les consignes de maman, et que le dentiste m'infligera encore la disgrâce de cet appareil infantilisant.

VENDREDI 30 MAI

Le principal du collège prend la parole

Le principal du collège est venu en classe aujourd'hui. Après nous avoir demandé de nous rasseoir, il nous a tenu un bien étrange discours. Il a tout d'abord souhaité nous faire un rappel au règlement intérieur de l'établissement. Il a énuméré une liste d'interdictions que nous connaissions toutes par cœur. Celles que l'on nous rabâche depuis la sixième : ne pas courir dans les escaliers, ne pas laisser traîner son cartable dans la cour, et cetera, et cetera... Si bien que je me demandais où il voulait bien en venir et qu'est-ce qui pouvait justifier cette intervention solennelle. J'ai compris par la suite qu'il tournait autour du pot pour ne pas évoquer abruptement ce qui l'avait amené dans notre classe. C'est ainsi qu'il a poursuivi sur un ton ironique :

« Je tiens également à rappeler à ces demoiselles, que les toilettes de la cour de récréation sont dévolues au soulagement des besoins naturels et qu'elles ne peuvent en aucune façon faire office de salle de réunion. »

Les copines et moi, nous nous sommes regardées avec de gros yeux, tout en nous gardant de manifester notre émotion et d'attirer l'attention sur nous.

Telle était donc la raison de sa venue. Il fallait que l'affaire ait pris une grande ampleur pour que monsieur le principal intervienne en personne. Je n'en menais pas large. Je craignais qu'il ne prononce tout haut les noms de celles que les professeurs lui avaient sans doute dénoncées. Mais il n'en a rien fait. Il a continué à s'adresser à l'ensemble de la classe, sans fixer son regard sur quiconque. Plutôt que de condamner nommément les coupables, il a préféré adresser un message subliminal à l'ensemble des élèves.

« Il existe dans cette école des lieux plus adaptés à la tenue de réunions, aussi confidentielles soient-elles. Des salles d'étude, par exemple, où l'air y est sensiblement plus sain. Car je n'imagine pas qu'il soit possible de discuter dans de bonnes conditions dans un endroit souvent envahi par les mauvaises odeurs. Le personnel de service a beau entretenir avec zèle la propreté des toilettes, on ne peut se prévenir de relents qui parfois remontent des égouts. Des égouts qui s'écoulent sous terre le long de conduits souterrains qui pour certains auraient été creusés il y a plusieurs siècles. Imaginez-vous la vétusté de ces galeries ? Pour ma part, je n'y ai jamais mis les pieds. Mais certains prétendent s'y êtres aventurés. D'aucuns racontent même y avoir découvert des vestiges datant de l'époque de Jeanne d'Arc. D'autres y auraient vu des squelettes entassés, restes des victimes des épidémies qui ont ravagé la région au Moyen Âge. Ainsi des histoires anciennes remontent des sous-sols de notre ville jusqu'à notre époque actuelle. De la même façon que remontait la peste transportée par les rats depuis les profondeurs des égouts. »

Là, le directeur a marqué une pause pour laisser infuser ses derniers mots, avant de reprendre son étrange discours.

« C'est ainsi que la peste se propage aux hommes. C'est ainsi que refont surface depuis ces bas-fonds fétides des maladies contagieuses. Si contagieuses qu'elles se transmettent ensuite d'homme à homme par un simple contact de la main, un furtif baiser sur la joue ou même un simple mot glissé à l'oreille. »

Nouvelle respiration de monsieur le principal.

« Il y aurait donc intérêt à se tenir éloigné de ces lieux intimes qui communiquent par le biais des tuyauteries avec les égouts de la ville. Sait-on jamais à quels relents nauséabonds on s'expose dans de tels endroits. Qui pourrait prendre le risque de devenir le porteur puis le propagateur d'un mal qui se diffuse par le bouche à oreille avec la rapidité d'une maladie contagieuse ?

À l'époque, lorsqu'arrivait une telle épidémie, les autorités ne disposaient que d'un seul remède : la mise en quarantaine des éléments contaminés. » Là, je ne sais pas si mon imagination m'a jouée des tours, mais il m'a bien semblée qu'il arrêtait son regard sur moi. « Il faut prendre des mesures radicales pour préserver les êtres sains de ceux qui sont *porteurs de maux incurables.* » A-t-il ajouté en appuyant bien sur les derniers mots. « Il est bien heureux que filles et garçons soient encore séparés dans les établissements scolaires, en dépit des revendications de certains. Imaginez les ravages dans une cour d'école mixte où les filles, livrées volontiers à la promiscuité des commérages, connues pour leur tendance à avoir la langue bien pendue, ne résisteraient pas longtemps à la tentation de bécoter avec les garçons. Une telle promiscuité serait dévastatrice. Je me réjouis qu'une barrière sépare votre cours de celle de ces coquins. Ils sont à l'abri des maladies qui pourraient se propager depuis les toilettes des filles.

Pour autant, je ne me consolerais pas de voir se répandre ces relents à toutes mes élèves. Devant un tel péril, je serais amené à prendre des mesures radicales. Une première mise en quarantaine dans mon bureau des éléments contagieux me semblerait de première urgence. Un isolement en salle de retenue une mesure sanitaire. Et si les symptômes devaient persister, je me verrais contraint d'envisager l'expulsion pure et simple du collège des cas désespérés. »

C'est là que la binoclarde s'est retournée vers moi depuis le premier rang de la classe. La garce n'aurait pas été plus explicite si elle m'avait montré du doigt. J'ai dû rougir comme une pivoine.

Tout le monde a bien compris à quoi il voulait faire allusion. La tension était à son comble dans la salle de classe. Lui semblait ravi d'avoir obtenu l'effet escompté. Il était parvenu à nous mettre en garde contre la propagation de ce que certains considèrent somme une simple rumeur, en évitant de mentionner ouvertement les faits pour ne pas leur donner, par son autorité de proviseur, une publicité malvenue.

Durant la récréation, aucune de mes copines n'a su me donner la réponse à la question qui me taraudait : est-ce que les études d'un proviseur de collège sont plus longues que celles d'un dentiste ?

De retour à la maison, j'ai renoncé à soumettre cette question à maman. Sa mise en plis n'a pas tenu longtemps. Maman s'était à nouveau plaquée les cheveux façon Françoise Hardy. J'ai pensé qu'elle n'était peut-être pas d'humeur à résoudre ce genre d'énigme.

SAMEDI 31 MAI

Attroupement

Comme tous les samedis, plus motivée encore qu'à l'habitude, ma sœur est allée rejoindre ses copines au centre-ville. Elles ont déambulé sans but par les rues piétonnes en faisant des allers et retours fréquents devant les boutiques incriminées.

Le soir, nous avons eu droit au compte-rendu de son expédition. Elle n'avait jamais vu autant de monde un samedi après-midi. Un véritable attroupement. Les vitrines n'attiraient plus les clientes mais les curieux qui de l'extérieur jetaient des regards hostiles en direction des commerçants. Certains se permettaient d'avertir celles qui s'apprêtaient à pénétrer dans ces boutiques du danger qu'elles auraient encouru. Ils parlaient fort parfois pour se faire entendre des vendeuses. De fait, il y avait plus de monde dans la rue qu'à l'intérieur. Des gens qui étaient là pour constater, prévenir et observer le manège des commerçants impliqués dans ce trafic.

Ma sœur a entendu des personnes très remontées adresser des invectives aux marchands. Elle nous a rapporté les injures qu'elle a entendues, lancées par certains à voix basses puis reprises par d'autres plus distinctement. C'est là que papa est intervenu pour qu'elle cesse de colporter jusqu'aux oreilles de la petite fille que je serai décidément toujours pour lui, ces insultes à caractère raciste.

« Je ne veux pas entendre ces mots sous ce toit. » A-t-il ordonné. « Les gens sont jaloux de la réussite de ces commerçants qui ont ouvert boutique en ville. Ils sont plus doués que les autres pour le commerce de vêtements et certains ne l'admettent pas. Leur seul tort est de vendre des robes légères et des jupes courtes qui mettent des idées dans la tête des filles. Ils sont prêts à tout pour vendre leur camelote. Comme ce commerçant auquel est venue l'étrange idée d'appeler sa boutique : « Aux oubliettes » et de disposer le salon d'essayage au sous-sol dans un décor moyenâgeux. Il n'en faut pas plus pour débrider l'imagination des jeunes filles en mal de sensations fortes. Que le tailleur, rectifiant un modèle sur une cliente ait la maladresse d'effleurer sa peau et celle-ci s'imaginera les choses les plus folles. Les jeunes femmes se rendent dans ce magasin comme à l'attraction du train fantôme de la fête foraine. Elles veulent éprouver ces frissons que procure l'homme squelette lorsqu'il vous frôle dans l'obscurité. Les jeunes filles devraient se contenter de ce genre de divertissement plutôt que d'aller traîner dans ces boutiques pour femmes. » A-t-il conclu en se tournant vers moi.

Je ne suis plus une gamine. Mais quand le comprendra-t-il ?

DIMANCHE 1ᴱᴿ JUIN

Elections

Papa achète le journal tous les jours désormais. Lui, qui s'intéresse de loin à la politique, prétend que c'est pour se tenir informé des derniers éléments de la campagne présidentielle. Si ce matin il parcourait son canard de long en large, ce n'était pas en raison de l'actualité des élections puisque les résultats n'ont été diffusés qu'en fin de soirée. Je suis certaine qu'il recherchait un article sur les incidents de la veille au centre-ville. Il a dû être bien déçu. Pas un mot sur l'affaire. On nous cache la vérité.

Je l'ai entendu pester pour exprimer sa frustration contre l'abstention record qui a marqué ce scrutin : 30 % des électeurs ne se sont pas déplacés.

« Ah, il sont plus prompts à aller colporter des ragots dans les rues le samedi qu'à se lever le dimanche pour voter.

— Qu'ils mettent la majorité à 18 ans s'ils veulent regonfler le nombre des électeurs, a suggéré ma sœur qui prend ses désirs pour la réalité.

—Parce que tu crois que l'on a la tête sur les épaules à 18 ans, a demandé papa ? À cet âge-là, on ne pense qu'à écouter les derniers tubes du hit-parade, à suivre la mode vestimentaire et à flirter entre garçons et filles. On n'est pas assez mûr pour choisir le nouveau président de la République.

—Les réactionnaires comme toi disaient la même chose des femmes avant qu'elles n'aient le droit de voter au même titre que les hommes. Est-ce que tu remets en cause cet acquis social ?

— Quand je vois cette hystérie que provoque chez les femmes cette histoire de cabines d'essayage, il est vrai que je me pose la question.

— Tu devrais aller vivre dans ces pays où les femmes sont encore privées de tous les droits qu'elles ont acquis en Europe. Vers le Moyen-Orient où elles n'ont même pas le droit de sortir dans la rue à visage découvert.

— Étrangement, as-tu remarqué que les femmes convaincues de l'existence de la traite des blanches envisagent comme probable la possibilité d'être un jour enlevée puis expédiées vers ces pays exotiques où, réduites à l'esclavage, elles seront privées de tous leurs droits ?

—Que veux-tu insinuer ?

—Que toute cette histoire n'est qu'un fantasme né dans la tête de femmes en mal de sensations fortes. T'es-tu seulement posée la question de la possibilité matérielle d'un tel trafic ? Comment transporter, sans éveiller l'attention, ces caisses volumineuses contenant chacune une cliente droguée ? Imagines-tu un camion venant prendre la marchandise devant les boutiques pour la transporter jusqu'à un aéroport international ? Crois-tu qu'il est possible de remplir les soutes d'un avion sans que la douane ne contrôle le contenu de ces caisses ? Toute cette fable ne tient pas la route. Lorsqu'on la considère de façon objective, on s'aperçoit que c'est une histoire à dormir debout.

— Et les souterrains ? Ai-je demandé.

— Quels souterrains ?

— Mais ceux qui relient les boutiques entre elles et conduisent jusqu'à l'extérieur de la ville.

— J'oubliais. Ces galeries qui datent du Moyen Âge. Ces tunnels sombres et humides, infestés de rats et des squelettes de ceux qui s'y sont aventurés. J'en frissonne rien qu'à y songer. Ma fille, va plutôt t'acheter une barbe à papa et te payer un tour de train fantôme avec ton argent de poche si tu es en mal de sensations fortes.

Décidément, on ne me prend jamais au sérieux dans cette famille.

LUNDI 2 JUIN

Un article dans le journal

Ce soir papa est rentré en nous annonçant qu'il y avait du nouveau. Il tenait un journal à la main qui titrait sur le scrutin de la veille. Sans attendre, il nous a fait la lecture d'un article :

LA REPUBLIQUE DU CENTRE
2 juin 1969

"UNE ODIEUSE CALOMNIE"

« Depuis une semaine, une rumeur faisant état d'incidents où le rocambolesque se mêle à l'immoral, circule en ville et met en cause plusieurs commerçants honorablement connus dans la cité.

L'ampleur exceptionnelle prise par cette campagne menée de bouche-à-oreille s'explique partiellement par une propension trop répandue au colportage inconsidéré des ragots les plus invraisemblables. Sa persistance a cependant de quoi intriguer et on ne peut pas exclure l'explication d'un acte de malveillance utilisant délibérément la calomnie pour nuire aux commerçants visés.

Assurés que les bruits qui circulent ainsi n'avaient aucun fondement, nous nous étions volontairement abstenus jusqu'à présent d'y faire la moindre allusion, accueillant même avec un tranquille mépris le reproche que certains croyaient pouvoir adresser à la presse en raison de son silence ! Devant le développement insensé et inadmissible d'une véritable offensive du mensonge, nous croyons de notre devoir d'affirmer que les fables qui se donnent libre cours ne reposent sur rien d'authentique. En revanche, plusieurs victimes de cette campagne diffamatoire ont déposé plainte. La police procède à une enquête en vue de démasquer les auteurs d'accusations calomnieuses et il est par conséquent possible que cette regrettable affaire comporte des suites judiciaires. »

Je me suis liquéfiée sur place. En un instant, j'ai imaginé papa rentrer demain à la maison avec ma photo en première page de la nouvelle édition. Si la police prend l'affaire en mains, elle va être amenée à enquêter au cœur des boutiques incriminées. Tous les indices seront passés au peigne fin. Ils retrouveront les chaussures de maman. Ensuite, grâce aux empreintes que j'ai laissées sur leur cuir, ils auront vite fait de remonter jusqu'à moi. Ils feraient mieux de rechercher les auteurs de ces rapts au lieu de traquer celles qui n'ont fait qu'alerter l'opinion publique.

Pour une fois, je suis d'accord avec ma sœur. Elle pense que les journalistes sont achetés. Qu'ils sont de mèche avec les gros bonnets qui dirigent ce trafic. Tant qu'il n'y aura pas de démenti officiel des autorités, il demeurera toujours un doute. « Il n'y a pas de fumée sans feu. »

— Ce ne sont que des histoires de bonnes femmes, voilà tout, a tranché papa. Les journaux à sensation qu'elles lisent dans les salons de coiffure leur montent à la tête.

— Je me méfie de la presse locale, a dit maman. Ils ne nous disent pas tout. Mis à part les chroniques sur les chiens écrasés et les résultats sportifs, leurs domaines d'investigation sont assez limités. Tant que les journaux nationaux ou les pouvoirs publics n'auront pas apporté un démenti officiel, les gens resteront sceptiques. C'est quand même étrange qu'ils ne fassent aucune allusion aux disparitions.

— Parce qu'il n'y en a pas eu, voilà tout, a décrété papa.

— Moi, a rétorqué ma sœur, je connais une fille dont la cousine n'a pas vu réapparaître depuis au moins une semaine une voisine qu'elle croisait tous les jours auparavant. J'ai entendu parler de plein d'autres cas comme celui-là.

— Cela ne prouve rien. Ces disparitions ne sont peut-être pas liées à ce trafic.

— Tu reconnais donc qu'il y a un trafic de femmes dans cette ville.

— Je crois en effet qu'un commerce féminin, particulièrement virulent, sévit par ici. Un commerce de ragots, un marché ouvert aux cancans, une braderie permanente aux papotages. C'est à ce genre de trafic que la police devrait mettre un terme. Mais pour cela, il leur faudrait des renforts considérables en hommes afin de les poster aux endroits où les femmes s'adonnent à ce commerce douteux : dans les salons de coiffure, à la sortie des crèches pour enfants, dans les salons de thé, lors des réunions Tupperware… La tâche me paraît insurmontable.

— Tu oublies les bistrots où les poivrots ne parlent que de cela en absence de leurs épouses, lui a renvoyé maman. Pour éviter les risques de connivence entre hommes, ce sont des femmes policières qu'il faudrait poster au bout des comptoirs en zinc.

— Des femmes policières ! Je voudrais bien voir ça.

— Figure-toi que le concours d'agent de police adjoint a été ouvert aux femmes pour la première fois cette année. Celles-ci auront désormais la possibilité d'être affectées à d'autres tâches que la seule surveillance des mineurs qui traînent dans les rues.

— Encore une conséquence des grèves et manifestations nationales de l'an dernier. Elles veulent avoir les mêmes droits que les hommes.

— Cela ne te semble pas légitime, a bondi ma sœur comme piquée par une guêpe ?

— Je ne vois pas d'inconvénient à ce que les femmes travaillent. Même s'il me paraît un peu absurde qu'elles délaissent leur foyer pour briguer un poste dans la police nationale où elles seront dévolues à la surveillance des mineurs. Ceux-là même qui auront été amenés à se soustraire à l'autorité parentale du fait de la coupable absence de leur mère.

— Mais quel réactionnaire tu fais, a protesté maman ! Les hommes au travail, les femmes au foyer pour s'occuper des gosses, voilà ton modèle social ?

— Je dis seulement qu'avec ce vent d'émancipation qui enflamme les têtes de jeunes filles aujourd'hui, nous allons au-devant de graves désordres dans la jeunesse.

— Qu'est-ce que tu leur reproches aux filles d'aujourd'hui ? Les cheveux courts ? Les mini-jupes ? A demandé son adolescente énervée.

— Les femmes peuvent bien s'habiller comme elles le souhaitent. Elles peuvent même aller jusqu'à brûler leurs soutien-gorge, comme certaines le revendiquaient sur les barricades à Paris. Mais il faut prendre garde à ce qui va avec. Elles revendiquent la mixité dans les écoles, les garçons l'accès aux dortoirs des filles dans les internats. Comme ces dernières se font couper les cheveux que les premiers laissent pousser, je souhaite bien du plaisir à la surveillante générale pour mettre de l'ordre là-dedans. Avec les drogues qui circulent et la pilule désormais en vente libre, nous ne trouverons bientôt plus dans cette ville de jeune fille convenable et pure pour incarner Jeanne d'Arc lors du défilé organisé à l'occasion de sa fête annuelle. Où est celle qui sauvera la France de l'invasion de la mode et de la musique rock anglo-saxonne ?

— Tu trouveras toujours des volontaires niaises dans les lycées privés. Ne compte pas sur moi en tous cas. Je ne rentrerai pas dans le moule. Je ne vais pas attendre de trouver un homme avec une bonne situation pour me marier avec lui, avoir des enfants à torcher et passer ma vie à m'occuper des tâches du foyer. J'ai l'intention de profiter de la vie moi.

— C'est pour ta mère que tu dis cela, a demandé maman ? L'union libre c'est bien beau, mais il y a des risques. Je ne veux pas de scandale dans la famille. Et n'oublie pas que jusqu'à tes 21 ans tu auras besoin de notre autorisation pour aller voir le médecin qui accepterait de te prescrire la pilule. Il faut y réfléchir à deux fois avant de faire des bêtises.

— Et pour aller trouver une faiseuse d'anges, j'ai besoin de votre autorisation ?

— Ne dis pas de bêtises. On ne plaisante pas avec ces choses-là, a tonné papa.

— Voilà ce qu'ils vous mettent dans la tête dans ton lycée public, a poursuivi maman. Depuis que l'on a supprimé l'uniforme scolaire, la discipline s'est complètement relâchée. Ils réclament la mixité maintenant. Avec des filles qui osent sortir en mini-jupe, les esprits ne seront plus vraiment aux études. »

Maman était très remontée. Moi, je n'ai pas dit un mot. Je suis restée immobile comme un insecte qui veut tromper ses prédateurs. J'essayais de me faire oublier au milieu d'une discussion dont l'intérêt allait grandissant. Je sentais que viendrait le moment où papa et maman jugeraient ma présence indésirable. Par ma discrétion, j'espérais repousser ce moment le plus possible car je devinais que la passion l'emportant sur la raison, j'allais sans doute apprendre des choses sur ce sujet délicat que sous ce toit on estime ne pas être de mon âge. En attendant, je répétais dans ma tête cette expression mystérieuse qu'il me faudrait noter dans ce cahier pour m'enquérir plus tard de sa signification : « Faiseuse d'anges ! »

Je connais des filles qui en savent long sur la question. Certaines fréquentent déjà des garçons. Généralement, celles-ci ne sont pas les plus bavardes. Elles prennent les autres filles de haut. Quand nous les harcelons de nos questions, elles nous renvoient avec dédain au cours de science naturelle. Comme si c'était à l'école que l'on vous apprend ces choses-là. Notre maîtresse rougie quand elle nous parle de la reproduction des grenouilles ! Observer le développement des têtards dans un aquarium ce n'est pas très excitant. Et pas question de s'écarter du programme.

Le débat s'étant déplacé vers l'école, par association d'idées mon esprit a vagabondé jusqu'aux grenouilles. Je me suis concentrée à nouveau sur la discussion, car ce soir, à table, je pressentais que j'allais apprendre du concret. D'autant que ma sœur ne lâchait pas le morceau. Elle était déchaînée.

J'étais d'accord avec elle sur un point. Si la discipline s'est assouplie au sujet de notre tenue vestimentaire, les programmes scolaires restent toujours aussi rigides et ennuyeux. On ne parle pas des sujets qui nous intéressent. Les élèves aimeraient pouvoir discuter du contenu des cours avec leurs professeurs, poser de vraies questions de société.

Mais pour papa et maman les revendications de ma sœur sont inacceptables. Les salles de classe ne sont pas des lieux de meeting. La fièvre qui a conduit les étudiants à chasser leurs enseignants des amphithéâtres pour prendre librement la parole est maintenant retombée. On ne peut rien faire de bon dans l'anarchie. Chacun à sa place. On ne peut pas passer son temps à remettre en cause l'autorité des adultes. Les jeunes ont besoin de repères. Et les enseignants doivent contribuer à remettre de l'ordre là-dedans. « Après, il ne faut pas s'étonner qu'il se passe des choses comme ce qui est arrivé à Marseille, a conclu maman. De mon temps on n'aurait jamais vu une chose pareille. » À ces mots, mon attention a redoublé, car ils ont déclenché la colère de ma sœur : « Comment peux-tu mettre ce drame sur le compte des aspirations de la jeunesse à plus de liberté, quand il est la conséquence du *puritanisme* de cette société *sclérosée* ? » J'enregistrais certains mots dans ma tête afin d'en rechercher plus tard leur signification dans mon dictionnaire. « Il

faut plutôt chercher les responsables du côté des *censeurs* moraux qui *entérinent* un système *rétrograde*. »
Là, j'avais un peu de mal à suivre. Je n'étais pas certaine non plus que ma sœur maîtrise le sens de ses propres paroles. « Quand je pense que l'on a mis une femme en prison parce qu'elle a eu le tort de tomber amoureuse.

— Je te rappelle que le jeune homme n'avait que 16 ans au moment des faits.

— C'est mon âge et je ne me considère plus comme une enfant.

— Peut-être, mais au regard de la loi tu n'es pas encore une adulte.

— La loi ! La loi ! S'il fallait toujours se conformer à la loi on ne pourrait plus respirer dans cette société.

— Dans le cas qui nous concerne, c'est cette femme qui est la fautive. Elle était mère de deux enfants et de surcroît professeur de français. Au-delà de sa mission d'enseignement, elle avait la charge de l'éducation morale de ses élèves. Sa faiblesse est impardonnable.

— Tu ne trouves pas que la sanction est un peu disproportionnée ? Voilà quinze jours qu'elle est emprisonnée. Son crime mérite-t-il les huit semaines d'incarcération auxquelles la justice l'a condamné ? Elle n'a tué personne. Elle a agi par amour, pas par haine. »

Je n'osais pas poser les questions qui me brûlaient les lèvres. De quoi parlaient-elles ? J'essayais de comprendre, de démêler l'intrigue de cette histoire bien étrange. Comment peut-on commettre un crime par amour ?

Tandis que le ton montait entre maman et ma sœur, papa, lui, gardait le silence. Ce débat semblait le laisser perplexe. Je m'étonnais qu'il n'ait pas encore pris la parole pour soutenir sa femme dans son réquisitoire. Assis face à face, nous étions comme les jurés silencieux et disciplinés d'un procès. Les arbitres d'une affaire dont personnellement j'ignorais tout. De quel crime s'était rendue coupable l'accusée ? Quel préjudice avait subi la victime ? Ces faits n'ayant pas été portés à ma connaissance, en vertu de la censure dont je suis victime sous ce toit, je n'étais sans doute pas habilitée à les juger.

J'ai senti sur moi le regard de papa. J'ai pris soin de ne pas le croiser, car je devinais qu'il se posait la même question que moi. J'ai compris qu'il hésitait à intervenir dans cette discussion en ma présence. Étais-je en âge d'entendre ce qu'il avait à dire ? Avant qu'il ne se prononce pour mon exclusion des débats, ainsi que je le redoutais, il me fallait poser rapidement les questions qui m'aideraient peut-être à me coucher moins bête ce soir. Je savais que je ne pourrais pas m'opposer longtemps à sa décision même si j'avais le droit pour moi. Enfin, a-t-on déjà vu au cinéma un procès où un juré en récuse un autre ? Certes, je ne suis pas certaine qu'il soit autorisé que siègent côte à côte dans un tribunal deux jurés ayant des liens de parenté. « Objection retenue ! » En même temps, les avocats ont à cœur de plaider devant un jury populaire impartial et équilibré. Moi couchée, c'est la parole des femmes qui serait censurée. Dans ce procès fait à une mère de famille, il aurait été scandaleux que seul un homme ait la possibilité de s'exprimer. Cette infamie aurait donné raison à ma sœur qui déplorait la censure morale qui règne dans ce pays.

Ma cause est noble. Dans cette microsociété que représente notre famille, les femmes doivent revendiquer leur droit à la parole au même titre que les hommes. Les exclure en raison de leur âge est aussi coupable que de les écarter des décisions en vertu de leur sexe. Je n'avais pas l'intention de me laisser faire. Alors, j'ai saisi cette expression énigmatique qu'a employée maman pour faire irruption dans le débat : « Maman, qu'est-ce que ça veut dire : *détournement de mineur* ? » Je me demandais bien de quoi, comment et pourquoi on pouvait détourner un mineur. Par quel acte terroriste était-il possible de faire dévier un enfant de son chemin ? Vers quelle destination interdite pouvait-on le diriger malgré lui ? Après un « euh... » d'hésitation, maman s'est lancée :

« On parle de détournement de mineur, lorsqu'un adulte soustrait un enfant à l'intérêt qui est le sien de recevoir de ses parents une éducation accomplie, ceci avant qu'il n'ait l'âge de comprendre les conséquences de cette carence sur sa vie future. » Point ! Je n'étais pas plus avancée ! Heureusement, ma sœur ne lâchait pas l'affaire. « Sauf que dans le cas présent, le garçon a décidé de son plein gré de vivre avec cette femme. Elle ne l'a pas "soustrait" à ses parents. Ce qu'on leur reproche en vérité c'est qu'ils aient eu une relation amoureuse. Ça, la société n'est pas prête à l'accepter. Alors on se réfugie derrière cette notion de détournement de mineur qui ne s'applique pas ici. La majorité sexuelle est à 15 ans dans ce pays. Dans la mesure où ils étaient tous les deux consentants, on ne peut rien leur reprocher.

— On peut tout de même suspecter cette enseignante d'avoir abusé de l'autorité que lui confèrent ses fonctions, d'avoir exercé son emprise psychologique sur un enfant encore immature.

— Accuse-la de viol pendant que tu y es. »

Au mot "sexuelle", j'ai senti que papa était sur le point d'intervenir. Lorsque sa fille a prononcé celui de "viol", il a enfin pris la parole pour décréter qu'il était temps que j'aille me coucher. J'ai protesté. J'ai dit que je n'étais plus une enfant, que j'en avais assez que l'on me traite comme un bébé et que de toute façon on apprenait toutes ces choses au cinéma. Le ton est monté. Maman, sur la défensive face aux assauts de sa fille aînée, n'envisageant pas de poursuivre le combat sur un deuxième front vu le peu de soutien de son légitime allié, m'a ordonné de filer sans tarder dans ma chambre. Contrainte et forcée, j'ai battu en retraite.

Mais ce n'est qu'un repli stratégique. L'enfance est un combat quotidien pour la conquête des positions qui au sein de la famille me donneront le droit de parlementer un jour à armes égales.

MARDI 3 JUIN

L'association des parents d'élèves communique

La répression est en cours. Les adultes se liguent pour étouffer l'affaire. Les institutions tentent de reprendre les choses en main. Ce matin, notre professeur principal nous a lu un communiqué de l'association de parents d'élèves. Elle nous a ensuite demandé de coller le texte de ce communiqué dans notre cahier de correspondance afin de le soumettre à la signature de nos parents.

On nous prie d'insérer :

L'association des parents d'élèves, émue par les bruits calomnieux et diffamants qui sont répandus à l'encontre de différents commerçants de la ville, s'est informée auprès des autorités compétentes et notamment des services de police du bien-fondé de ces rumeurs.

L'association est en mesure d'affirmer que ces bruits sont dénués de tout fondement et relèvent de la pure fantaisie. Elle demande aux parents de rassurer leurs enfants et de les engager à ne pas répandre des propos qui risquent d'avoir un caractère diffamatoire.

Le président : Rebaudet.

Il est clair que l'on cherche à nous faire taire. Les fonctionnaires de l'état sont contraints d'appliquer des ordres venus d'en haut. L'association des parents d'élèves se contente de l'avis des services de police sans chercher à interroger celles qui sont concernées directement par ce trafic.

« Répression policière » a clamé tout haut ma sœur en tendant à maman son carnet de correspondance où figurait le même communiqué. J'ai brandi le mien dans un même mouvement. Maman était sur la défensive. Bien sûr, elle n'a pas eu la même lecture que nous de ce "tract", ainsi que ma sœur a qualifié ce bout de papier qui sentait encore l'alcool de la ronéotypeuse. Elle s'est réjouie que les enseignants soient enfin à la hauteur de leur mission en rappelant leurs élèves à l'ordre. Elle a déploré que certains, comme mon professeur d'anglais, se soient prêtés à la propagation de ces « sornettes. »

Ma sœur a fait remarquer que ce mot a été écrit à l'initiative des parents, non à celle des enseignants. Elle veut y voir la preuve d'une tentative de verrouillage de leur parole. Notamment de ceux qui se rangent du côté de leurs élèves. Elle n'a pas hésité à faire le lien avec l'histoire de l'enseignante de Marseille, à qui on reprochait, paraît-il, une trop grande proximité et une familiarité déplacée dans ses rapports avec les garçons et filles laissés sous son autorité.

Cela participe d'un retour à l'ordre établi. On veut étouffer la parole de la jeunesse, tuer dans l'œuf ses aspirations à plus de liberté, ruiner ses rêves d'émancipation.

« Sais-tu à quoi cette émancipation va conduire la jeunesse, a demandé maman ? La mode des yéyés, le hachich qui circule et cette lubie de vouloir chercher le bonheur ailleurs mènent à la dépravation. Cela va nous donner une génération de filles dévergondées, aguicheuses, inconscientes des périls auxquels elles s'exposent par leur attitude. Elles rêvent de liberté sexuelle et veulent fuir notre société pour l'exotisme de paradis artificiels. Mais on sait où cela mène. Quand on est rentré là-dedans on n'en sort plus. Crois-moi, voilà autant de filles perdues, évaporées dans les effluves de la drogue, que l'on ne retrouvera jamais. »

J'ai du mal à saisir la logique de maman. Comment peut-elle se laisser berner par ce démenti institutionnel et affirmer dans le même temps que des filles se sont évaporées dans la nature ? Elle nie l'existence d'un péril contre lequel elle nous met en garde. Je crois qu'elle est aussi troublée que nous par cette histoire. Elle ne veut pas nous affoler. Mais elle obéit aux injonctions de son mari en bonne femme au foyer soumise qu'elle est.

Papa, lui, est rentré ragaillardi par ce qu'il avait lu dans le journal. Il a tendu à maman la page où figurait un article sur l'affaire. Elle a dû se sentir cernée. Le journal reproduisait le communiqué diffusé dans les écoles. Beau travail d'investigation ! La presse aux ordres se fait le relais de la répression gouvernementale. Ma sœur a aussitôt repris son argumentation, répétant mot pour mot ce qu'elle avait dit à maman. Mais papa ne l'a pas laissé terminer. « L'affaire va retomber comme un soufflé, a-t-il affirmé. Tous ces racontars de midinettes ont suffisamment fait de dégâts comme cela. Il faut arrêter de parler de cette histoire à dormir debout. Elle a pris des proportions extravagantes. Je ne veux plus que l'on aborde le sujet sous ce toit. La raison doit l'emporter sur la bêtise. Ce ne sont pas des discussions à tenir devant ta petite sœur. Elle est influençable à son âge. »

Non mais ! J'en ai ras le bol que l'on me prenne pour une enfant.

MERCREDI 4 JUIN

Hystérie

Ce soir, j'ai pris une décision. Après mûre réflexion, j'ai conclu qu'il me fallait passer à l'action. J'en ai trop entendu ce soir. Je ne supporte plus la répression dont je suis victime dans cette maison. Il est temps de prendre mon destin en main.

Ce matin, au petit-déjeuner, papa nous a rappelés de façon très autoritaire, qu'il ne veut plus entendre parler de cette histoire à table. En classe, notre professeur a exigé qu'il ne soit plus fait allusion aux disparitions de jeunes femmes. À la cantine, la surveillante m'a séparée de mes copines pour éviter tous bavardages sur ce sujet. Il n'y a que derrière la porte des toilettes que nous avons pu parler. Ils ne vont tout de même pas nous empêcher de faire pipi pendant qu'ils y sont ! La répression n'a jamais atteint de tels sommets. Toutes les filles se plaignent d'avoir été muselées par leurs parents, un grand frère ou une grande sœur. Il faut que les choses soient vraiment graves pour que l'on protège ainsi les oreilles des jeunes filles.

Mais au lieu de nous ramener à la raison, comme ils disent, cela éveille davantage encore notre curiosité. Nous menons notre enquête à notre niveau. Et, contrairement à ce que l'on voudrait nous faire admettre, d'autres éléments sont venus renforcer notre théorie sur cette affaire. Les arguments des adultes ne tiennent pas debout. Sur la centaine de disparitions comptabilisées à ce jour, aucune n'aurait été signalée à la police. Il est évident que le contexte politique y est pour quelque chose. Imaginez la révélation d'un tel fait divers en pleine campagne électorale. Les candidats ne parleraient que de cela au détriment des autres sujets. Ceux-ci passeraient forcément au second plan des préoccupations d'électeurs inquiets pour leur sécurité ou celle de leurs filles. D'où le silence complice des journaux qui ont attendu le lendemain du scrutin pour démentir, sans réels arguments, ce qu'ils qualifient de rumeur malsaine.

Certaines filles ont entendu des adultes se demander quels intérêts auraient des commerçants dont les affaires marchent bien à se livrer à cette activité clandestine ? Mais parce que justement, le succès de ces boutiques vient du prix bas des vêtements que l'on y trouve. Si bas que l'on se demande comment ils peuvent s'en sortir. Et bien, précisément en se livrant à un commerce parallèle. En exportant ces malheureuses femmes vers les pays où elles sont revendues contre de l'argent ou des tissus qui serviront entre autres à confectionner les robes qui attireront les prochaines victimes.

C'est diabolique. Ce commerce est parfaitement huilé.

Quant à moi, j'ai fait allusion à la remarque de papa sur l'impossibilité qu'il y aurait à transporter discrètement ces femmes vers ces destinations lointaines. Une fille de ma classe avait la réponse. Les trafiquants n'ont pas choisi cette ville au hasard. Elle avait retenu son cours d'histoires-géographie. Ces commerçants sont venus s'installer dans une cité que traverse la Loire avant de se jeter dans l'océan par l'estuaire de Nantes. Le premier port négrier français. Comme par hasard ! Ce n'est pas au grand jour que se passe ce trafic, mais de manière souterraine puis sous-marine. Les galeries qui relient entre elles les boutiques conduisent jusqu'aux rives de la Loire où, de nuit, un sous-marin vient charger sa cargaison avant de descendre le fleuve pour rejoindre la mer. Ce n'est pas plus compliqué que cela. Nous avons convenu de garder cette information pour nous. Nos aînés ainsi que les adultes se feraient un plaisir de tourner en dérision nos révélations.

Malgré leurs théories sur une éducation basée sur le dialogue, lorsque les parents sont à bout d'arguments, ils en reviennent aux bonnes vieilles méthodes. Ce soir, c'est moi qui ai eu droit à ma baffe !

C'est la première et la dernière. Je ne supporterai plus que l'on me traite de la sorte. J'avais pourtant pris soin de ne pas aborder le sujet de front, respectant en cela les consignes données le matin même. J'ai simplement voulu soumettre à l'esprit logique de papa la possibilité qu'un sous-marin puisse remonter la Loire depuis Nantes. Je demandais simplement si la profondeur du fleuve et la force de son courant permettaient une telle chose. Après s'être étonné de ma curiosité pour un sujet scientifique quand mes notes attestent de mon désintérêt en la matière, papa a jugé la chose possible dans la mesure où l'on fabrique aujourd'hui des engins miniatures capables d'explorer le fond des mers.

C'est là que ma sœur a pouffé de rire. À papa qui s'étonnait que son exposé puisse prêter à la rigolade, elle a révélé qu'une histoire farfelue de sous-marin avait circulé aujourd'hui dans la cour de son lycée. Comme papa s'irritait qu'elle rechigne à lui raconter cette histoire, elle a fini par lâcher le morceau. Alors, tout comme deux fils électriques qui entrent en contact déclenchent une décharge, l'esprit de papa a disjoncté lorsque dans sa tête le lien s'est établi entre mon histoire de sous-marin et le sujet interdit de la traite des blanches.

Il est dix heures du soir et j'ai encore mal à la joue. Je déteste ma sœur. Si elle n'avait pas cafté, je n'aurais pas reçu cette gifle. Je déteste papa qui me prend toujours pour une petite fille et n'accorde aucun crédit à mon opinion. Je suis autant en colère contre maman qui est incapable de s'affirmer dans cette maison. Je suis certaine qu'elle croit à cette histoire, mais n'ose pas le dire devant papa.

Demain il n'y a pas école. Je suis autorisée à laisser ma petite lumière allumée jusqu'à onze heures. J'en profite pour établir le plan d'action auquel je réfléchis depuis plusieurs jours et dont l'exécution est rendue inéluctable après ce qui s'est passé ce soir.

Discrètement, j'ai emporté dans ma chambre le gros dictionnaire familial. "Hystérique", non mais ! Comment a-t-il osé me traiter d'Hystérique ? Dans le doute, j'ai cherché la définition de ce mot. **HYSTERIQUE** : *adj. et n. Relatif à l'hystérie ; atteint d'hystérie.* Merci ! Plus haut, HYSTERIE : N*évrose caractérisée par la traduction dans le langage du corps des conflits psychiques et par un type particulier de personnalité marqué par la théâtralisation.* Et patati, et patata… Plus loin : *Décrite par Hippocrate comme maladie spécifique des femmes privées de relations sexuelles, l'hystérie est assimilée au Moyen Âge à une possession du corps humain par Satan…* Rien que ça ? C'est un procès en sorcellerie qui m'est fait. Que me reproche-t-on ? Quel crime ai-je commis ? Ai-je tort de vouloir mettre en garde les jeunes filles de cette ville contre ce danger venu de l'étranger ? On veut me faire passer pour folle afin de me faire taire. Il est heureux que l'on ne soigne plus aujourd'hui les sorcières comme au temps de Jeanne d'Arc. On me garde recluse dans cette chambre. La promiscuité de la cohabitation avec ma sœur me rendrait presque enviable l'isolement de la pucelle dans son cachot. Je ne supporte plus le traitement qui m'est réservé sous ce toit.

Tout ce qui se dit sur cette affaire ne serait donc que du délire de jeunes filles en mal de sensations fortes. Des filles qui jouent à se faire peur en s'inventant un danger tapi derrière ces cabines d'essayage. N'empêche que maman n'est pas allée faire de shopping depuis plusieurs jours. Ma sœur, toujours en quête des dernières tenues en vogue, ne nous a pas gratifiés de défilé de mode ces derniers temps. Mes inquiétudes sont partagées. Mais puisque l'on n'accorde pas de crédit à la parole d'une jeune fille innocente, je vais leur montrer que je ne crains pas d'affronter la réalité qu'ils ne veulent pas regarder en face. Ils se repentiront de ne pas m'avoir cru.

Demain, je partirai de cette maison. J'irai là où plus aucune femme n'a le courage de se rendre. Comme cela, j'en aurai le cœur net. Je saurais enfin de quoi il en retourne. Je percerai ce secret qu'il convient de cacher aux jeunes filles innocentes.

Demain après-midi, maman ne me trouvera pas dans ma chambre. Ma sœur ne saura lui dire où je suis allée. Quand elles comprendront, il sera peut-être déjà trop tard. Papa alerté à son retour de travail regrettera aussitôt la gifle qu'il m'a donnée. La colère causée par mon absence laissera place à l'angoisse devant l'éventualité de ma disparition. On se souciera alors vraiment de moi, de ce que j'ai pu devenir. Ils prendront conscience que leur fille s'est probablement volatilisée, qu'ils ne la reverront peut-être jamais. Ma disparition les laissera dans le tourment. Et si ce qu'elle disait était vrai ? Comment la rattraper maintenant qu'elle est probablement loin d'ici, sur un autre continent, au milieu d'un désert inhospitalier, dans un harem protégé par des gardes armés, derrière le voile qui la confond avec toutes ces esclaves du sexe offertes à un sultan ? Il n'y a pas d'autre endroit sur la terre où il serait plus difficile de la retrouver.

Ma disparition créera un émoi considérable dans la ville. Il ne sera plus possible de cacher les faits. Ameutées par mes parents, les autorités prendront enfin conscience de la gravité de la situation. Des mesures seront ordonnées pour que soit mis un terme à ce trafic. Mon sacrifice n'aura pas été vain. Dieu sait combien de jeunes filles innocentes échapperont grâce à moi au péril qui les menace ?

JEUDI 5 JUIN

Fugue

Je ne peux plus reculer maintenant. Mon attitude va finir par attirer l'attention. Cela fait trois fois que je passe devant cette vitrine. La prochaine fois, je pousserai la porte d'entrée. Il n'y a pas grand monde aujourd'hui dans les rues et la boutique m'a semblée vide.

Je fonce. Je surprends les vendeuses dans leur inactivité, elles se précipitent vers moi. Confuses d'avouer ainsi leur désœuvrement, elles retournent à d'inutiles occupations tandis que la patronne me prend en main. J'ai rougi, c'est certain. Mais je me reprends. Fidèle à la tactique que j'ai décidé d'adopter dans la rue, je fonce tête baissée, sans tergiverser. « Je voudrais une paire de chaussures à talons, s'il vous plaît. » Elle me demande ma pointure, puis me prie de l'attendre tandis qu'elle se rend dans l'arrière-boutique.

Je respire enfin. Je me suis jeté à l'eau sans réfléchir comme on plonge en apnée dans une mer profonde. J'ai bravé mes appréhensions. Je m'assois sur une banquette. Je retire mes mocassins. C'est ce que j'ai trouvé de moins ridicule. Passe encore avec la tenue que je porte aujourd'hui, mais celle-ci va dépareiller avec des chaussures à talons hauts. Cette pensée a traversé l'esprit de cette professionnelle de la mode. Je l'ai lu dans son regard. Bien sûr, elle n'a pas osé m'en faire la remarque. Pour ne pas la laisser douter plus longtemps de mes goûts vestimentaires, je sors la robe de mon sac. Cette robe que j'ai gardée cachée dans mon bureau depuis le début de cette affaire. Je la pose sur mes genoux.

J'ai pris soin de la plier sans la froisser avant de la glisser discrètement dans mon sac tandis que ma sœur était enfermée dans la salle de bain. Elle a quitté la maison tout de suite après le déjeuner. J'ai fait la vaisselle. Ce n'était pas mon tour cette semaine. Mais maman me l'a demandé car elle avait un rendez-vous en début d'après-midi. Je n'ai pas fait d'histoires. Je me suis montré bonne fille. Elle éprouvera d'autant plus de remords.

Ma corvée terminée, je me suis changée et j'ai profité d'être seule à la maison pour utiliser la trousse à maquillage de maman. Je l'ai bien observé par le passé. Je trouve que je m'en suis plutôt pas mal sorti pour appliquer son ricil. Elle ne s'apercevra de rien. J'ai bien remis son parfum en place avant de sortir.

La vendeuse revient avec une pile de six ou sept boîtes callées sous son menton. Elle devance ma demande, me propose de me changer derrière la porte de la réserve. Il n'y a pas de cabines dans cette boutique de chaussures. Je n'ai rien à craindre.

Je me glisse dans cette robe pour la première fois depuis le jour où je l'ai revêtue face au miroir d'une cabine d'essayage. Je m'étais alors contentée de tourner sur moi-même pour en apprécier la coupe élégante. Maintenant, en traversant la boutique pour rejoindre la vendeuse, j'éprouve à chacun de mes pas la légèreté de ce tissu sous lequel un air frais vient caresser ma peau. Lorsque je passe devant un miroir, la lumière du jour me révèle sa transparence.

La vendeuse a sorti de leur boîte les trois paires de chaussures qui lui semblent les mieux en accord avec ma robe. Elles sont disposées en arc de cercle devant moi. Je dois faire un choix, ne pas me tromper, ne pas commettre d'erreur. Elle pose délicatement sa main sous mon talon. Je frissonne à ce contact. Je retiens ma respiration au moment où la pointe de mon pied glisse par l'ouverture de l'escarpin qu'elle me tend. Je me contracte, je serre les dents, j'anticipe la douleur...

Je n'ai rien senti. L'escarpin épouse parfaitement mon pied. Je chausse le pied gauche et me mets debout, en équilibre précaire sur ces talons hauts. Elle m'invite à faire quelques pas jusqu'au miroir. Je tremble sur mes jambes. Comme un funambule sur son fil, je m'équilibre de mes bras pour ne pas trébucher. Je suis une ligne droite imaginaire jusqu'à la hauteur du miroir avant de pivoter d'un quart de tour pour lui faire face. Je n'en reviens pas. Ces chaussures parachèvent la transformation que cette robe a opérée sur moi. Du haut de ces quelques centimètres supplémentaires mon corps est transformé. Je me tourne de côté pour apprécier les lignes qui le redessinent. Depuis le galbe de mes mollets, une courbe accompagne l'arrondit de mes cuisses puis affirme sous ma robe la rondeur de mes fesses. La cambrure de mes reins se prolonge dans mon dos jusqu'à l'arrondi de mes épaules que je garde tirées en arrière pour mettre en valeur les formes d'une poitrine naissante.

« Je les prends. » Je suis moi-même surprise par mon audace. Je ne souhaite pas essayer les autres chaussures. Je ne prendrai pas ce risque.

Je me sens toute chose dans cette tenue. Je ne me reconnais pas. À paraître sous un nouveau jour, je fais preuve d'un tempérament insoupçonné. Comme si ces escarpins hauts et cette robe légère me conféraient une nouvelle personnalité. Je suis galvanisée par ma nouvelle parure. Ces chaussures me révèlent à moi-même et aux autres comme les souliers de verre dévoilèrent Cendrillon à la cour royale. Je ne peux les ôter sans craindre de redevenir cette fille timide et mal dans sa peau qui est entrée dans cette boutique. Je les garde aux pieds, ainsi que la robe, de crainte de voir se dissiper la magie qui s'opère en moi et que m'abandonne l'audace par laquelle j'ai osé exprimer ce souhait. La vendeuse, surprise et amusée par mon culot, se charge de ranger mes mocassins et ma vielle robe dans un sac en plastique. Je règle mon achat avec les dernières économies qui me restent. Sous la haie d'honneur que me font les vendeuses inoccupées, je regagne triomphalement la sortie.

J'ai juste oublié un détail. Ces satanées pavées ! Un vrai parcours du combattant. Je perds de ma superbe. Je déploie de grands efforts pour tenter de rester droite, pour ne pas trébucher, briser un talon et me retrouver pieds nus dans la rue comme une misérable souillon. Heureusement, la boutique Daphnée est toute proche. Encore quelques enjambées et je serai sauvée… ou perdue…

Une trentaine de mètres environ séparent les deux boutiques. La distance est courte mais l'épreuve interminable. Je suis aussi à l'aise que si je marchais pieds nus sur des braises ardentes. J'ai l'impression de vivre une épreuve initiatique, semblable à celle que l'on réserve dans certaines tribus primitives aux jeunes gens arrivés à l'âge de la puberté. Je perds de ma superbe. Mes chevilles chancellent, mes genoux flageolent.

Ma tenue ne leurre personne. Je suis gauche et mal dans ma peau. Je sens les regards qui se posent sur moi. Je suis percée à jour. On voit aussi bien en moi qu'au travers de cette robe transparente. Tout un chacun devine la gamine innocente qui se prend pour une femme. La dernière de la famille qui veut jouer à la grande. L'effrontée qui chausse des talons hauts et s'endort le soir dans un lit rempli de peluches. Cette prétentieuse qui emprunte le rouge à lèvres de sa mère mais n'a encore jamais embrassé un garçon. Cette insolente qui veut participer aux discussions des adultes et que l'on renvoie dans sa chambre où elle aura tout loisir de chercher dans un dictionnaire les mots qu'elle n'a pas compris.

Je voudrais abréger ce calvaire, mais ne peux accélérer le pas sans risquer de me retrouver par terre, au milieu des rires et des sarcasmes des passants. J'essaie de rester droite, de regarder devant moi, de jouer l'indifférente. Mais je suis au supplice. Je voudrais disparaître, me volatiliser, me soustraire aux regards moqueurs que je sens se poser sur moi.

Il n'y a qu'une seule échappatoire, qu'une seule issue. Je m'y précipite comme un papillon de nuit attiré par la lumière qui le protégera de ses prédateurs, au risque de se brûler. Je me presse vers cette vitrine lumineuse, sous les regards indifférents des mannequins aux postures délicates qui tranchent avec la lourdeur de mon allure. Je m'agrippe à la poignée de la porte. La pousse et me retrouve enfin sur un sol plat.

À ma tenue, les vendeuses ont cru reconnaitre une fidèle cliente. On m'accueille avec beaucoup d'égards, on me donne du "mademoiselle", on me vouvoie. C'est bien la première fois. Ici aussi, il y a moins d'acheteuses que de mannequins. Sans reprendre mon souffle, j'en désigne un, demande le même modèle que celui qu'il porte. Mon cœur bat toujours aussi fort lorsqu'on me l'apporte. Je me dirige aussitôt vers l'arrière-boutique pour écourter les palabres, ne pas tergiverser, ne pas me laisser tétaniser par l'appréhension qui pourrait me gagner avant de sauter dans le vide.

En équilibre précaire sur les talons, j'avance droit devant, lentement, d'un pas emprunté qui confère une certaine solennité à ma démarche. L'instant est grave. J'avance vers l'inconnu, revêtue de la robe de cérémonie d'un rituel dont j'ignore tout, apprêtée pour un voyage sans retour.

Je tire le rideau derrière moi et respire enfin, je retrouve mon calme, le silence, mon intimité. Je me regarde dans le miroir. J'ai les joues rouges, les tempes humides, les cheveux en bataille, mais heureusement, mon maquillage n'a pas coulé.

Je remets un peu d'ordre dans ma tignasse, m'essuie le front et les aisselles avec un mouchoir. Le tissu de ma robe me colle à la peau. Je descends la fermeture-éclair jusqu'au bas de mon dos et la laisse glisser jusqu'à mes pieds. Je reste un moment à me contempler ainsi offerte en sous-vêtements devant ce miroir, sous la lumière froide des spots.

Je suis seule. Les autres cabines sont inoccupées. Je ne perçois que la rumeur du ventilateur qui depuis le plafond propulse un air frais jusque dans cette cabine. Je suis bien. Abandonnée, sans défense sous la menace que je devine cachée derrière une trappe, sous cette souricière, tout au fond de cette boutique qui n'est en fait qu'un décor de carton-pâte, un miroir aux alouettes, conçu pour aguicher les jeunes filles, les attirer dans ce piège par l'irrésistible attrait du reflet de leur image parée d'une tenue audacieuse de femme.

Me voilà livrée, pieds et poings liés à moi-même, à mes angoisses, à mes peurs, à mes fantasmes. J'ai affronté ma timidité, surmonté mon mal-être pour parcourir le chemin qui m'a conduit jusqu'ici, dans la chaleur de cet après-midi, sous ce soleil qui révélait la transparence de ma robe aux regards inquisiteurs des passants. Cette cabine m'offre un refuge, une oasis de calme et de fraîcheur au cœur de l'agitation et du tumulte de cette foule oppressante. Un abri en retrait du flux des badauds affairés à leur routine quotidienne, hors du cours du temps, de l'ordre des choses, du non-sens de la vie.

Je suis cachée aux yeux de la foule, seule face à ce miroir par lequel je me toise. Je défis ce regard inquiet et troublé. Je défis cette immaturité qu'à l'image de ce miroir tout le monde me renvoie. Les yeux dans les yeux, par un effort de suggestion, j'essaie de chasser ce trouble qui se lit sur mon visage, cet air de chien battu.

Je redresse la tête, avance le menton pour braver cette petite ingénue. Avec affront, je la mets au défi de soutenir le regard de celui qui peut-être m'observe sans être vu. Ce regard dont j'imagine les intentions et qui probablement au même instant se porte sur moi depuis l'autre versant de cette glace sans tain. Je ne me défile pas. Je soutiens cette attention qu'on me porte. Elle est préférable à l'indifférence que souvent je suscite, à la réprobation des regards sévères et moralisateurs que les adultes posent sur moi à longueur de temps. Je soutiens ce regard affranchi des usages et des principes au nom desquels d'aucuns jugeraient ma tenue indécente. Je devine ce regard qui saurait me considérer d'une autre façon, qui saurait déceler celle que je suis réellement, qui m'aiderait à assumer cette autre en moi que personne ne veut voir. Pourquoi me défendre du sentiment de volupté que j'éprouve à l'idée que des yeux puissent m'envisager autrement que par le filtre des convenances et des bonnes mœurs ?

Qui me révélera à moi-même ? Qui m'aidera à m'affranchir de ma condition de petite fille sage où maman voudrait m'enfermer ? Toujours les mêmes questions qui me taraudent. Faut-il que je sois désespérée pour les adresser maintenant à ce miroir ? Aurais-je fait tout ce chemin, pris tous ces risques pour venir le consulter ? Comme si j'attendais de lui une réponse que la glace de notre salle de bain refuse obstinément de me donner.

« Laisse-moi t'aimer… toute une nuit… »

Quelle frayeur ! J'ai le cœur qui bat à tout rompre. Cette musique m'a fait bondir. Elle m'a tirée de ma méditation. Elle est sortie de je ne sais où, crachée brusquement par les haut-parleurs d'une radio avant qu'une main n'ajuste le volume de la voix de ce chanteur pour les seules oreilles de l'unique cliente que je suis dans cette salle d'essayage. Comme si tout s'était mis en route à mon arrivée. Lumières, ventilateur et maintenant la musique. Ultime élément d'un diabolique dispositif élaboré pour piéger les jeunes femmes attirées jusqu'à cet arrière-boutique.

C'est la voix de Mike Brant que l'on diffuse pour mes seules oreilles. Comme l'autre fois. J'en ai la chair de poule. Se pourrait-il que ce miroir lise dans mes pensées et devine mes plus secrets désirs ?

« Laisse-moiii toute une nuit,
Faire avec toi le plus long, le plus beau voyage oh oh oh
Veux-tu le faire aussi ? »

Dans un réflexe, je remonte ma robe sur mes épaules pour réprimer ce frisson qui me parcourt des pieds à la tête, pour cacher ma nudité au son de cette voix sensuelle, à l'idée du regard concupiscent que l'on pose sur mon corps.

Quelle attitude puérile. Je me comporte comme une petite fille qui joue à se faire peur. Une gamine qui s'émoustille à l'idée de l'émoi suscité par ses formes naissantes et qui se renfrogne aux premiers mots qui disent ce trouble, aux simples paroles charnelles d'une chanson, au fantasme de la proximité d'une idole sexy cachée derrière cette glace. Comme si c'était à lui qu'elle s'adressait en interrogeant ce miroir. Comme si elle avait espéré une réponse de vive voix aux questions qu'elle lui a envoyées, comme des centaines d'autres groupies, à l'adresse du fan-club trouvée dans le magazine "Podium".

« Miroir, mon beau miroir... » Quand cesseras-tu ces enfantillages ? Tu n'es pas encore sortie de l'enfance. Retourne à tes contes de fées pour petites filles sages.

J'éprouve de la colère contre moi-même. Contre cette gamine que je ne quitte pas des yeux. Elle soutient mon regard. D'un œil noir et implacable qui me fixe sans ciller. J'y lis du mépris pour la fille sans caractère que je suis, une profonde exaspération même devant les simagrées de cette enfant immature.

Tu n'es qu'une bonne à rien. Tu agis toujours en cachette au lieu d'assumer tes actes. Tu ne sais pas tenir tête aux autres. Quel manque de personnalité ma pauvre fille ! Tu gardes pour toi tes sentiments. Tu es incapable de les exprimer autrement qu'en les confiant à ton journal intime. Quel tableau ! Regarde-toi sur ces talons. Tu risques à tout moment de t'écrouler par terre et de te retrouver les quatre fers en l'air. Je ne peux plus t'endurer. Cette cohabitation est devenue insupportable. L'une de nous doit laisser la place. Remballe tes peluches, tes socquettes de petite fille sage et ton journal intime de pleurnicheuse. J'ai envie de te frapper tellement tu m'irrites. Regarde-moi cette tenue que tu caches dans ce sac. Comment oses-tu sortir dans un tel accoutrement ? Tu es la risée de l'école. Voilà ce que j'en fais moi de ces nippes… Saleté de guenilles... Ah ! Mais c'est du solide ce tissu-là. C'est bien la seule chose qui importe pour ta mère, que ça dure longtemps. Ah, enfin, j'y suis arrivée. Déchirée par le milieu, foutue, au rebut la poupée à sa maman…

Mais qu'est-ce que j'ai fait ? J'ai perdu la tête. Je ne suis plus moi-même. C'est bien la première fois que je me mets dans un tel état. Quelle drogue m'a-t-on injectée ? Quels en sont les effets à venir ? Je ne peux pas attendre de voir m'échapper le contrôle de mes actes. Il faut partir d'ici au plus vite, avant qu'il ne soit trop tard.

Je me contorsionne pour remonter la fermeture-éclair de ma robe. Je remets de l'ordre dans mes cheveux, j'attrape la tenue qui n'a pas quitté son cintre et tire énergiquement le rideau de la cabine d'essayage. «Trop grande» dis-je en laissant la robe dans la main d'une vendeuse qui n'a pas le temps de me proposer une autre taille. Je me précipite sur la porte de la boutique sous les regards ahuris de ses collègues désœuvrées.

Dans la rue, je sautille de pavé en pavé comme on franchit un ruisseau sur des pierres émergées. Je retrouve la rive sur le trottoir d'une rue asphaltée et continue mon chemin sans me retourner jusqu'à l'arrêt de bus. Je bondis sur le marche pieds, m'engouffre entre les sièges sans regarder personne et me réfugie dans le fond, à l'extrémité de la banquette arrière.

Quelle émotion ! Je l'ai échappé belle. Je reprends mon souffle et réfléchi a la situation. Une autre épreuve m'attend à la maison. À l'heure qu'il est maman doit être rentrée. Pas question de cacher ma robe cette fois. Mon sac porte le nom de la boutique où je l'ai achetée. Je ne me dégonflerai pas. Je lui tiendrai tête. Je ne suis plus cette petite fille qu'elle a surprotégée. En me découvrant dans cette tenue elle devra bien se rendre à l'évidence que je ne suis plus la même. De toute façon, je n'ai pas le choix. J'ai déchiré celle que je portais en quittant la maison.

Dans l'ascenseur, face au miroir, je rectifie ma tenue et mon regard. Je cherche et retrouve à ma grande satisfaction cette expression de crânerie esquissée dans la cabine d'essayage. Je me fige dans cette contenance tout en bombant le torse au moment de sonner à la porte d'entrée.

C'est elle qui m'ouvre. Nous nous retrouvons face à face, les yeux dans les yeux. J'essaie d'anticiper sa réaction, de sonder les pensées qui la traversent, de la jauger avec la même intensité que cette petite fille que j'ai laissée dans cette arrière-boutique.

Je lis de la stupeur dans ses yeux qui ont la même couleur que les miens. Elle les reconnaît, après un instant d'hésitation, derrière son rimmel hors de prix qui les surligne. Alors, dans le coin de sa bouche décharnée que rehausse ce même rouge qui déborde de mes lèvres émaciées, se dessine l'amorce furtive d'un sourire de moquerie. Mais elle se ravise et ses sourcils épais, dont j'ai hérité, se froncent pour m'avertir de sa réprobation devant l'achat que j'ai accompli. Elle me toise sévèrement de la tête aux pieds. Son regard s'arrête sur le logo de la boutique imprimé sur le sac que je tiens à la main. Son visage se fige. Une expression d'effroi traverse ce regard que je soutiens. Mais les mots restent coincés dans sa bouche. Je devine dans ses yeux qui me fixent le dilemme qui l'habite : comment peut-elle me faire des reproches ? Peut-elle me gronder pour l'achat de cette robe légère et se défendre en même temps des craintes que lui inspire ce magasin ? Il me serait trop facile de les attribuer à la peur rétrospective du danger que j'aurais encouru en me rendant dans ce lieu. Comment pourrait-elle accorder du crédit à cette histoire alors qu'en ma présence elle se range toujours docilement du côté de papa pour nier l'évidence ?

Son visage se détend. Elle me sourit. J'ai droit à un compliment. Elle m'invite à tourner sur moi-même, s'ébahit devant mon élégance.

Elle en fait trop. Je ne suis pas dupe. Elle surjoue la mère complice. Il ne faut pas me prendre pour une idiote. Elle me parle comme on s'adresse à une fille égarée, frappée d'amnésie, que l'on essaie de ré-apprivoiser au sein d'une famille qu'elle ne reconnaît pas. Elle me ménage et me dorlote comme une déséquilibrée. Une cinglée dont on voudrait prévenir une éventuelle récidive, une nouvelle fugue, le risque qu'elle se mette encore une fois en danger.

Je n'aurai pas droit à un procès. Je m'apprêtais à affronter mes accusateurs, à apporter la contradiction aux censeurs moraux que sont devenus les représentants légaux de mon éducation. Je suis décrétée irresponsable. On ne m'accorde même pas le droit à la parole. Pour eux je ne suis qu'une écervelée que l'on ne juge pas responsable de ses actes.

Je serre mon sac contre mon ventre. Par un réflexe de survie, je protège ce qu'il contient. Cet élément pourrait être retenu contre moi. Quelle folie s'est emparée de cette pauvre fille pour qu'elle en vienne à déchirer la robe que lui avait offerte sa mère ? Devant des jurés, cet argument serait dévastateur. Finalement, il vaut mieux éviter la confrontation. Encore une fois je vais me montrer docile. Il faut sauver les apparences, faire honneur à ma belle robe, me comporter en fille mature.

Pour la première fois depuis le début de l'affaire, personne n'a abordé le sujet lors du repas du soir. Une sorte d'armistice tacite s'est instaurée entre les deux camps. Lorsque papa est rentré de son travail, avant de nous convier à table, maman l'a pris à part pour l'informer discrètement des derniers événements. Entre-temps, je m'étais changée et démaquillée. J'avais enlevé mon rimmel et redonné leur couleur naturelle à mes lèvres, mais conservé un peu de fond de teint derrière lequel je comptais masquer ce rouge qui me monte immanquablement aux joues et trahit mes émotions.

L'atmosphère était assez étrange. Maman s'évertuait à lancer des sujets de discussion à mille lieues des préoccupations que nous avions tous en tête. Papa s'appliquait à projeter alternativement son regard au loin lorsqu'il quittait son assiette des yeux sans jamais fixer son attention sur moi. Il semblait aussi mal à l'aise que je l'étais. J'ai compris qu'il ne me demanderait aucune explication. Qu'il n'y aurait pas de mise au point ce soir.

Au bout de quelques minutes, l'espace d'une seconde, nos regards se sont finalement rencontrés, car il n'est pas possible d'ignorer délibérément l'être cher qui vous fait face, sans céder au besoin impérieux de s'assurer de l'émoi que lui procure votre indifférence. Aussi furtive que fut cette rencontre, elle m'entraîna dans les profondeurs troublées de ses yeux bleus.

Ce regard avait perdu sa sérénité. Dans le mien, il cherchait et fuyait en même temps la réponse à la question qui le taraudait. Sans doute craignait-il de trop bien lire dans ces yeux qui jusqu'alors ne lui avaient jamais rien caché.

Mais maintenant, nos regards s'évitaient, se gardaient l'un de l'autre. Ils avaient perdu leur complicité, cette connivence naturelle au nom de laquelle, depuis mon plus jeune âge, je me confortais de notre intimité en fondant mes yeux dans les siens.

Malgré mon maquillage, la rougeur qui me montait au visage ne lui avait pas échappé. Elle accréditait les soupçons qu'il ne formulait pas, me laissant le loisir de ne pas les démentir. Un malentendu s'instaurait entre nous. Pour lui comme pour moi, il devenait évident que la confiance d'un papa pour sa fille ne pourrait se prévaloir des confidences d'une jeune femme. Nous étions condamnés à devenir un peu plus chaque jour des étrangers l'un pour l'autre. Son enfant tendrement choyée lui échappait. Jamais plus il ne porterait sur moi le même regard. Ce miroir-là s'était brisé. Je n'y retrouverai plus le reflet rassurant de cette petite fille sage qu'il ne voulait pas voir grandir.

J'éprouvais la douleur d'une déchirure irrévocable mais nécessaire. J'acceptais cette épreuve par laquelle je me séparais de celle que j'avais été. Cette innocente enfant avait disparu sans laisser d'autre trace que le tissu lacéré aujourd'hui même, au fond de cette boutique, derrière le rideau pudique d'une cabine d'essayage.

FIN.

8 mai 2012.